国手

余耕 著

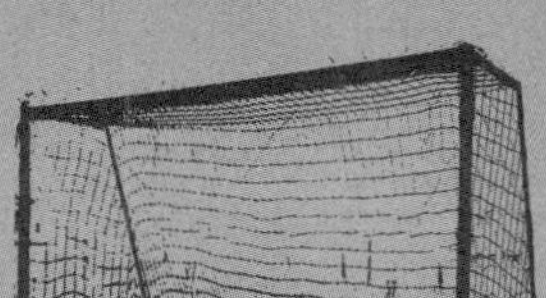

作家出版社

作者简介

余耕，早年从事专业篮球训练，后转行在北京做记者十余年。自不惑之年开始职业写作，先后创作长篇小说《金枝玉叶》《做局人》《最后的地平线》；中篇小说《我是夏始之》获得第十九届百花文学奖；长篇小说《如果没有明天》获第十七届百花文学奖，根据该小说《如果没有明天》改编的话剧《我是余欢水》在全国各地上演500余场，改编成网剧《我是余欢水》成为现象级短剧。

一腔肝胆存人热,半世风尘为国争。

——李惠堂

一九三四年

一

余伯庸把手伸进西裤，捣弄了一会儿，赌牌九坐了一整晚，内裤在裤裆里被两片屁股拧成麻花状，命根子处更是极不爽利。他挎着印有"中华足球队"字样的公文皮包，系好西裤皮带，杵在三元宝局门口打了通呵欠。接着，他一只手举起公文皮包，冲着从玲珑塔罅隙透过的霞光伸了个长长的懒腰，整个人才感觉舒坦起来。最近运气真的是糟透了，到处都是用钱的窟窿，他却是赌啥赔啥。用他自己的话来说就是，出门遇尼姑，十赌有九输。中华足球队搬到广州师范学堂训练，足球场北侧便是慈慧庵的正门，余伯庸一抬头就能看见进出化缘作法的尼姑。他最近的十次赌局输了九回，麻将、摇宝、牌九、赛马、彩票、抢场、十点半、十三张、回力球、斗蟋蟀……一一试过，全都输到底儿掉。烦闷无处发泄，余伯庸把输钱的恼恨全都归罪于慈慧庵的尼姑。

昨晚八时进了三元宝局，赌到今晨六点，五百块钱输得一个子儿不剩。这笔钱是体育部发放给中华足球队的比赛经费,用于半月后即将在菲律宾马尼拉举办的第十届远东运动会。经过层层申请,体育部才给中华足球队批了两千大洋。领到这笔巨款的当天,余伯庸便将一千五百块钱挪作他用,支付他欠英国一家洋行的全部货款。整支足球队来回马尼拉的船票,加上食宿等费用,两千块钱得节省着才够开销。如今只剩下五百块钱,这该如何向李惠堂交差?中华足球队队长李惠堂,远东球王声名远扬,且余伯庸深知李惠堂疾恶如仇的秉性,此事绝不敢让他知晓。于是,余伯庸斗胆决定铤而走险,带着剩下的五百块钱进了三元宝局,他想去碰碰麻将运气,把那一千五百块钱赢回来。事与愿违,越是怕输越是输,牌桌上鏖战一夜,把剩下的五百块钱也输个干干净净。

　　余伯庸拖着肥重的身躯,一摇一晃挪下三元宝局的九级石阶,却见一道黑影从身侧袭来,劈手夺过他手中印有"中华足球队"字样的皮包,撒腿便往前蹿去。余伯庸望着那人的背影,长舒一口气,装模作样地边追边用东北味儿广东白话大声叫嚷:"抢劫了,抢劫了……我丢你老母!"

余伯庸话音未落,身前闪出个一头乱发的年轻乞丐,操着满口西北腔,问道:"我把包追回来,你给我二十块钱?"

余伯庸瞅了一眼劫匪奔逃方向,背影早已消失在路口,估摸着眼前这个乞丐肯定追不上,便点了点头。余伯庸再抬首时,年轻乞丐已经奔出去足有十米远,地上的木棉树落叶都被他的脚风带起来,飞旋在他足间,浑似在助其脚力。余伯庸愣怔怔地看着年轻乞丐在路口消失,不可思议地摇了摇肥硕的脑袋,转身逆向而去,他要去沙面的莲香楼吃早茶。

能讲一口流利白话的余伯庸是东北人,二十一岁那年跟他的双胞胎哥哥一起考进教会燕京大学,一时间成了余家屯子里最有出息的孩子。屯子里都说余家祖上积德,两个儿子都走出余家屯子读大学。余伯庸往地上啐了一口唾沫,对屯子里围绕着他的半大小子们说道:"别听你们爹娘胡咧咧,我昨天还是他们嘴里的操蛋熊孩子。"

余伯庸的确是个操蛋熊孩子,不像他哥哥那样老成持重受父母宠爱。余伯庸十二岁那年,村子里的私塾被日本人关闭了,他成了野孩子王,某日屯子里十几个土蛋狗剩小豆子啸聚一起，抢劫了一个货郎。货郎寻到余家屯子告状，屯子里的人一齐指向余伯庸家。余父从存放稻谷的大缸里揪出余伯庸，当着货郎的面把儿子吊起来毒打一顿，一直打到货郎和哥哥余伯平出手阻拦才罢手。余父对着货郎好言好语赔礼道歉，又从二姨太太的梳妆匣里强行夺来两块现大洋，才把货郎打发走。私塾关闭没几天，日本人开了新学，日语成了新学的主要课程。余伯庸刚刚疯了没几天，跟哥哥一起又被关进管理更为严苛的日本人的学校，这才算把他的野性收敛许多。

从余伯庸的祖爷爷开始，余家便是余家屯子的富庶大户，遭人羡慕嫉妒了好几代。祖产传到余伯庸他爹时，家底已大不如前。余父好赌乐嫖，既不喜务农又不善营商，混不到晚年便有些入不敷出。几经变卖房产、耕地，勉强支撑一家人过活，好在余家两个儿子余伯平和余伯庸双双考入燕京大学，为余家在余家屯子争回些颜面。可惜好景不长，三年后的寒假，余伯庸跟随同学去了广州游玩，余伯平独自一人返回东北老家过年，大年初一说是出门拜年，结果再也没有回来过。被全家人寄予厚望的余伯平销声匿迹，活不见人死不见尸，成了余家的一个谜团，更成了余家屯子茶余饭后的谈资。余父曾经逼问过余伯庸，询问老大余伯平去了哪里。余伯庸一脸懊恼，说大哥是放寒假在家里失踪的，他在广州如何知道？余家上下还沉浸在两个儿子考入燕京大学的喜悦中，接着又迎来余伯平离奇失踪的悲苦，余父整日里感叹人生无常、福祸相依。余父甚至觉得福祸是个玄学，既是个人的命数，也是家族的劫数。

余伯庸在教会燕京大学读到第四年的寒假，回到余家屯子陪着父母过了最后一个年。开春后，余伯庸没有回学校，而是给父亲留下一封信，声称自己厌倦了读书，要去天津做生意，随后便拎着一只小行李箱只身去了天津。在天津混了一年之后，余伯庸继续南下去了广州。一个北方人到了南粤，压根儿听不懂白话，就算是给人家打零工也顶多混个饱肚子。好在余伯庸目的性强，他只去洋行打工。洋行都是跟外国人做生意，需要会讲英语、德语、法语、西班牙语，余伯庸靠着他的语言天赋，渐渐在广州站住了脚。只六年，余伯庸便坐上了泰和生洋行的经理职位。泰和生是一家专门与德国人从事贸易的商行，经营常规的茶叶、丝绸、陶瓷，有时甚至还夹带小规模的枪支弹药。泰和生的老板是个胆小之人，他告诫余伯庸不要碰军火生意，不要招惹不必要的麻烦。可一心想做大生意赚大钱的余伯庸，丝毫不把老板的忠告当回事，最终被人告发，锒铛入狱两年。

等他出狱后，已经没有洋行敢招他入伙。天无绝人之路，这余伯庸攀上了球王李惠堂的关系，摇身一变成了中华足球队的经纪人。

二

年轻乞丐叫小北，但这个时候他还不叫小北。小北本来没有名字，因为他不知道自己姓什么，也就无从起名字。小北记事的时候，身边只有娘。娘带着他从冰天雪地一路往南走，说是南方暖和，不会把手和脚冻伤裂口。他爹念叨了一辈子要带老婆去南方见见世面，可直到他爹死时，他娘也没走出过童家堡子。家里的顶梁柱折断，小北家在堡子里就算坍塌了。娘带着小北一路往南，要去他爹说的南方讨生活。

母子二人沿途乞讨，荡了三年，仍旧没有走到小北他爹说的暖和地方。冬天来时，虽说不常下雪，但湿冷的北风还是能吹进骨头缝，让人身冷心寒。三年过后，小北长高了不少，母子二人的境遇却没有任何改变。最大的变化，就是小北在乞讨不到吃食的时候，他会下手抢，抢到手就跑，启动速度与加速度之快，几乎没有人能够追得上他。小北他娘起初不让小北抢，说人家给是情义，不给是情理。可好道理终抵不过饥肚子，天长日久，小北他娘也就默许了小北的明夺暗抢。

走到赣州的时候，小北的娘病倒了，倒下就没再起来，也再没张嘴说过话。小北在赣江北侧找到一处背静地，折几根竹子架起两领破席子搭了一个简易窝棚，把弥留之际的娘放在窝棚里。安顿好娘之后，小北则去了县城，想讨一碗他娘最爱吃的米粉。多数时候，小北讨要不到米粉。每每此时，闵记米粉摊的阿昭姑娘就会偷偷送给他一碗。阿昭年龄跟小北相仿，也是个流浪儿。阿昭扎一条细细且泛黄的马尾辫，身子骨单薄瘦弱，像一根刚刚冒出土的细毛笋。闵记米粉摊的老闵想雇用一个不花钱的伙计，就相中了沿街乞讨的阿昭。阿昭风卷枯草般的身材，让老闵觉得这女孩儿做衣裳省布吃饭省粮食。等到正式收下阿昭做伙计后，老闵当天就后悔了，阿昭吃下三碗米粉，还眼巴巴瞅着汤锅。老闵终是没有赶阿昭走，他老婆死后已经鳏居三年，明媒正娶没有那份财力，老闵盘算等着阿昭长几岁就把生米煮成熟饭。眼下阿昭正是长身体的年岁，就算是多吃几碗米粉，身子也是给他老闵养的。厘清这些得失，老闵暂且咬着牙忍了下来。

　　阿昭第一次把汤锅里捞出来的半碗米粉送给小北时，后脑勺就被老闵扇了一巴掌。从那以后，阿昭就把打烊前捞出的米粉置于显眼处，让心领神会的小北来"抢"。冬至那天生意不好，一天卖了不到三十碗米粉。傍晚掌灯时分，老闵撩起辨不清颜色的围裙，擦了擦粗糙如枯树枝的双手，对阿昭吼道："收摊子。"

　　阿昭应了一声，拿起竹编笊篱，在汤锅里快速捞着米粉。汤锅里只剩下零碎的米粉儿，阿昭接连捞了十几笊篱，才够半碗。阿昭用眼睛余光扫了一眼老闵，看到他正低头装水烟斗,便赶紧往半碗米粉里添加佐料。同时,阿昭抬头望向城墙根,那里蹲着脏兮兮的小北,手里拎着一个瓦罐。阿昭合上装佐料的竹筒,又扫了一眼老闵,这才对着城墙根下的小北轻轻点一下头。小北悄悄起身,拎着瓦罐磨磨蹭蹭地凑近米粉摊儿,随后一个箭步抢过来,抓起半碗米粉倒进瓦罐,转身便跑。老闵扔下手里的竹筒烟,冲着小北背影骂道:"噎死你个小北佬!"

小北跑得极快,快到几乎没听到"小北佬"三个字。小北沿着城墙一直跑到赣江边,在河岸背静处找到他娘,把瓦罐放在破席上,伸手扶他娘的时候,才发现娘的身子已经僵了。小北意识到发生了什么,他捧着娘的头号啕大哭起来。哭一阵子,抽泣一会儿,哭哭停停到了半夜时分。月亮照在赣江上,像是一碗雪白的米粉凝入水中。恍惚间,小北看到一个单薄的身影搅乱赣江中的米粉,阿昭怯生生地站在眼前。

小北问阿昭:"你来做什么?"

阿昭理了理散乱稀疏的头发,咽了一口唾沫,这才说道:"刚才……就在刚才,老闵光溜着身子……进了、进了我的屋,问我为什么把米粉给你,还问我……是不是跟你相好了。"

小北问道:"你咋回他的?"

阿昭说:"我没回,吓得我赶紧翻窗户跑出来……找你。"

小北说:"找我……做啥,我也养不了你吃饭。"

阿昭说:"找你……不做啥,有饭就吃,没饭就不吃。"

小北说:"吃饭是天底下顶顶重要的事,没饭就得找饭吃,实在没辙就得抢。"

阿昭两手拧着蓝染布衫,在窝棚跟前坐下,说道:"抢也行,只是别让人逮着。"

小北没有说话,阿昭又说道:"别人也逮不着你,你是我见过的跑得最快的娃儿。"

小北也跟着阿昭坐下,说道:"有一天,我梦见赣江变成金黄色,江里的水变成小米粥,江心是稀的,江边是稠的,我娘喊我别往里走,就喝边上的稠粥。"

阿昭大概是被小北做的梦感染了,她说道:"你们北方人喜欢喝小米粥,最好江心是稠粥,江边是米粉。"

两个孩子坐在赣江边上,守着小北死去的娘,天一句地一句说着话,一直说到天亮。

第二天一早,小北跪在窝棚前,朝着他娘磕了三个头。阿昭犹豫了一下,也跟着小北跪下来磕了三个头。接着,小北找来一根竹竿,把脚下的沙子捣松,再用双手把沙子扒拉出来。阿昭很快明白小北的用意,她蹲下来帮着小北一起挖沙子。江边全都是淤沙,沙质又很松软,两个人很快挖出一个大沙坑。小北把窝棚上的两领破席子扯下来,把他娘裹在席子里面,然后埋进赣江边的沙坑里。

阿昭掸了掸蓝染布衫上的沙土,问小北:"你要去哪儿?"

小北说:"我要去南方,南方暖和。"

阿昭说:"我也要去南方,我跟你搭伴一块走。"

小北点点头,抹去脸上的泪水,笑着对阿昭说:"咱们走吧。"

两个孩子沿着赣江江岸,一前一后往南去了。

阿昭问小北:"你叫什么名字?"

小北愣了一下,说道:"我没有名字,我娘一直管我叫孩儿孩儿孩儿。"

刹那间,阿昭觉得小北佬比自己还可怜,因为自己有名字，小北佬连名字都没有。

阿昭又问小北："你老家是哪里？"

小北说："好像是西北，我娘说我们原先住的地方叫童家堡子。"

阿昭说："那你应该姓童。"

小北说："我不姓童，我娘说童家堡子都姓童，只有我们一家外姓人，所以我爹死后，我们在童家堡子待不下去才出来的。"

阿昭一直跟在小北屁股后面一竿子远的地方，小北跟他说话的时候时不时要回头。小北停下来，冲着阿昭招招手，示意她过来一起走。

阿昭脸上露出笑意。她走到小北跟前，说道："你是北方人，那我以后管你叫小北吧。"

小北愣了愣神，说道："行吧，小北就小北。"

小北追到第二个路口时，已经能看清楚劫匪左侧耳朵上的黑色胎记。劫匪整只耳朵连同耳冠上面都是黑色的，这劫匪也真是黑到头顶了。接下来，小北只换了两口气，便把手搭到了印有"中华足球队"字样的皮包上。黑耳朵劫匪转过头来，小北稍松了口气，原来劫匪的面色与常人无异，就只有左耳朵的背面是黑色的。小北抓住皮包，用力拉扯一把，把正在奔跑的黑耳朵拽得一个趔趄。黑耳朵怒目圆睁，挥拳砸向小北。小北缩脖撤身，"嘭"的一声撞翻身后一辆木制推车，竟然听见女孩子的惊呼声。小北扭头一看，一个女孩瘫坐在手推车旁边，一双丹凤眼里满是惊恐，身边全是从推车里滚落出来的食盒，白切鸡、叉烧肉、煲仔饭、猪笼饼、水晶包、干炒牛河……撒了半条街。就在小北愣神时，黑耳朵又一记重拳扫过来。小北侧转过脸，再次躲过黑耳朵的拳头，就着对方发力的方向顺势推了一把，黑耳朵一时失了重心，扑倒在地的瞬间松开了抓皮包的手。小北拎着皮包撒腿跑了两步，旋即又折回，将散落在地上的叉烧肉、水晶包和猪笼饼胡乱抓起来，塞进怀里。丹凤眼姑娘愣愣地瞅着小北，却没有阻拦他往怀里塞那些食物。此刻，黑耳朵已经站起身来。小北顾不上再去拿其他东西，他直起腰身，抬起腿来踢中黑耳朵的肚子。黑耳朵惨叫一声，摔倒在一盒肠粉上，把一个食盒压散了架。待黑耳朵叫骂着爬起身来时，小北已经消失在路口。

小北一手拎着皮包，一手护着怀里的食物，脚底下竟是不慢丝毫。他在一条破败的巷子里七拐八拐，转眼奔出巷子，跑进一片香蕉林。香蕉林里有一块空地，空地上有两间木板和沥青纸搭成的窝棚，小北一脚踢开一块破门板，低头钻了进去。窝棚里光线昏暗，小北站在里面缓了片刻，立即有三五个小乞丐围拢上来，他们全都是嗅觉灵敏的主儿，早已闻见食物的味道。小北把怀里的东西掏出来，分给小乞丐们，脚却不停歇地走到窝棚最里面。这里有一块垫高的木板，木板上躺着一个面容憔悴且消瘦的女孩，闭着眼睛，微张着小嘴巴。小北在女孩旁边蹲下身来，从怀里掏出两个水晶包，轻声地说："阿昭，阿昭，看我给你带来了什么，你最喜欢吃的水晶包。"

阿昭睁开眼睛，眼神散乱游离，随即咳嗽起来，一声比一声剧烈。小北赶紧把阿昭扶着坐起身来，以便让她顺畅呼吸。在阿昭颤抖粗粝的咳嗽声中，小北示意一个小乞丐端来一杯水，放在阿昭睡觉的木板上。水杯是一只摔断把手的陶瓷杯，杯身上印有"MUG"英文字样。随着阿昭的咳嗽，陶瓷杯里的水也跟着有节奏地震动着。在阿昭咳完的间隙，小北喂她喝了一口水，接着把两只水晶包捧到阿昭面前。阿昭抬手接过两只水晶包，急火火地咬了一口，憔悴的脸颊上绽出难得一见的笑意。阿昭打心眼里喜欢小北，小北虽说有点野，能偷能抢也能打，但他心地善良。小北从来不吃独食，每回抢来的食物都会分给小乞丐们。他对这些不沾亲不带故的乞丐们都这么好，将来对待自己肯定会更好。事实上也是如此，小北每回抢到水晶包都会留给阿昭。小北对阿昭说过，他将来一定会抢一个有钱的大佬，给阿昭买一栋房子。小北还说，等到有了房子就娶阿昭当老婆，结婚的时候会把乞丐兄弟们全都请去喝喜酒。

刚刚把两个水晶包吃完，阿昭再次咳嗽起来，仍是一声比一声急促，惨烈得似乎要把肺脏咳碎了吐出来一样。小北似乎听不下去了，他站起身来对还在咳嗽的阿昭说道："你等着，我马上就有钱了，拿到钱就带你去看医生。"

小北说完就要往外走，一抬头却看见窝棚里又多了一个女孩，正是刚才在街头被他撞倒的丹凤眼女孩。

不等丹凤眼张嘴，小北便对她说道："你也在这儿等着，我一会儿拿钱回来赔你便当。"

三

前往莲香楼吃早茶的路上，余伯庸顺道去了一趟警察局报案，说自己刚才遭遇劫匪抢劫，被抢走两千块钱现大洋。值班警察如实做了记录，让余伯庸在报案记录上签字。随后，值班警察告诉他，案子算是登记了，至于能不能派出人手来破案，那就要看他的造化了。余伯庸心里明白，值班警察要敲诈他。但值班警察不知道的是，余伯庸巴不得破不了案。但是余伯庸脸上不露一丝欣喜，反而拍案而起，指着值班警察的鼻尖骂道："这个操蛋的世道越来越糟糕，不是刁民太多，而是这个体制太腐败，充斥着像你一样的蛀虫，刁民上行下效有样学样儿，怎么会好？这个钱不是我的，是民国国库拨款，案子爱破不破，耽误中华足球队去菲律宾比赛，是国家之耻，而非我余伯庸之辱！"

在警察局撒完气之后，余伯庸款步上了莲香楼，麻溜地点了一壶铁观音、一份豆豉蒸凤爪、一份酱汁金钱肚、一屉水晶虾饺、一笼鲜虾红米肠，自顾自地大吃起来。想起这个季节的东北老家，只有酸菜和玉米面馍可以吃，余伯庸肥硕的脸颊上泛起油亮的惬意。美食可以冲淡一切烦恼，即便是在一夜输掉五百块现大洋的早晨。

天上飘起只有南粤冬季才有的牛毛细雨，屏住气息会听见天地间有一片细微的"沙沙"声。这样的声音不仅润嗓子润肺，还能滋润每一个飘荡的游魂。南粤遍地都是香蕉树、芭蕉树、龟背竹等大叶子植物，确实极难体会到北方细雨"润物细无声"的情调。因此，每逢下雨，余伯庸都想找一处高地，以免听见"噼噼啪啪"雨打芭蕉的吵闹声。莲香楼也算是雨中一个好去处，吃饱喝足后，余伯庸呷着浓茶瞅着窗外的细雨愣神。好在南粤的雨不扯不恋，来得急去得也快，一顿早茶的工夫雨便歇了。站在莲香楼的门外，余伯庸伸手招来一辆黄包车。车夫是个熟脸儿，问道是不是去慈慧庵。

余伯庸坐在车上剔着黄板牙，对着车夫骂道："丢你老母,你才去慈慧庵,我去师范学堂。"

广州师范学堂足球场西侧有一排欧式建筑的二层楼房,一层有两间健身房,会议室、食堂、库房、办公室、会客室各一间。二楼是中华足球队的宿舍,漂亮的罗马柱后面,挂满球员们晾晒的运动服,有的还在滴水。球队的队医廖月英正在往一只保温桶里倒水,她在为球员们配比放了中药的饮品,以保障球员们尽快恢复体能。廖月英还是队长李惠堂的女朋友,出身广州一个名医辈出的中医世家,成年后留学法国研读西医。归国后,在同学举办的一次生日宴会上认识了李惠堂,一年之后两个人便订下婚约。

上午再次飘起细雨,中华足球队的队员们都在健身房练力量。司职左前锋的陈镇和正在跟左后卫谭江柏较劲比卧推,同样九十公斤的杠铃,两个人躺卧在木条凳上,在全体队员的监督下,以同样的频率卧推到十三次。第十四次的时候,谭江柏的两条胳膊开始微微颤抖,眼帘额头上的青筋也凸出皮肤。陈镇和的频率却依旧不变,配合着均匀的呼吸,当推举第十九次的时候已经领先谭江柏一次。谭江柏颤巍巍地推举第二十一次,举到一半便放弃了,眼看着杠铃杆砸向自己的胸口,两侧负责保护的队友赶紧接住杠铃头,放到卧推架上。谭江柏依旧躺卧在橡木条凳上,把头扭向一侧,看着陈镇和正在举起第二十五次杠铃。

队长李惠堂示意在陈镇和两侧保护的队友接过杠铃,随即笑着宣布:"比赛临近,不要受伤,本队九十公斤卧推纪录是二十五次,谭江柏挑战失败。"

谭江柏笑着坐起身来,并从短裤口袋里掏出一块钱拍在陈镇和的大腿上,大腿上的汗水粘住一块现大洋。

陈镇和抬起大腿,拿起这一块钱来,高声笑道:"今晚的夜宵,我请客!"

谭江柏对着陈镇和胸口击了一拳:"球队第一大力王了不起啊。"

陈镇和笑着对谭江柏说道:"去年这个时候你是第一,人生就是这么难以估摸。"

一众队友兴高采烈地叫好,喝彩声还没落下,余伯庸踱了进来,哭丧着脸对李惠堂诉说两千块钱比赛经费遭遇"抢劫"一事。现场气氛立时凝固,因为这两千块钱费尽周折才得以批准。民国体育部门原则上只想支持个人体育项目，像足球、篮球这类集体项目参赛人数多，拿奖牌也只能拿一块，他们算的是经济账，因此在比赛经费额度上卡得极严。此刻，重新申请参赛经费显然已经来不及了，因为中华足球队原定三天后就要启程，奔赴菲律宾参加远东运动会。李惠堂眉头紧锁，目光如炬地盯着余伯庸，他对眼前这个吃喝嫖赌俱全的肥仔历来不信任，若不是看到其在商业运营方面的超人长处，早就将其拒之门外了。

李惠堂深吸一口气，控制住自己的情绪，对着余伯庸问道："你还有其他补救措施吗？"

余伯庸推了一下鼻梁上的眼镜，说道："办法倒是还有，可就得劳您大驾，跑一趟广州商会，凭借您的声誉和威望，募捐个三五千块钱应该不会是难事儿。"

李惠堂沉吟半晌："这种事儿说起来让人着实难以相信，怎么会有如此巧合？"

余伯庸嘟囔道："这寸劲儿可不就让我倒霉的赶上了嘛。"

李惠堂说："中华足球队是国家的球队，可咱们球队只要有事儿就去人家商会求援，长此以往，人家还以为我李惠堂是去打秋风的，唉……"

余伯庸说:"这个您大可不必放在心上,我有个办法,能让商会自己找上门来,以解咱们燃眉之急。"

四

临近中午天空放晴,南粤的雨来得急去时也快。中华足球队恢复了场地训练,因为听闻比赛经费被抢,队员全都蔫头耷脑,一时都失去了备战大赛该有的训练热情。两位报馆记者如约而至,余伯庸每人塞了三块钱红包,便把两位记者拉到场边,眉飞色舞绘声绘色讲述起自己被抢劫的经过,不明就里的还以为是他抢劫了别人。与此同时,两位穿制服的警察也赶来,毕竟是中华足球队的比赛经费被抢,警察不敢怠慢。余伯庸心中窃喜,忙不迭把警察拉过来,让记者赶紧拍照。记者的相机还没有架好,小北拎着印有"中华足球队"字样的公文包也到了。余伯庸眼尖,瞅见小北的时候脑袋"轰"的一声响,他万万没有想到这个小乞丐竟然真把公文包抢了回来。

小北走到余伯庸身前,把公文包递过来,说道:"赶紧给我二十块钱，我朋友等钱看医生呢。"

警察和记者顿时愣住了，身后正在训练的队员也全都围拢过来。余伯庸故作惊喜地接过公文包，急忙装模作样地翻开空皮包，恼火地抬起头来问小北："里面的钱呢？"

小北回道："我就没有打开过这包，哪里知道里面有钱没钱？"

余伯庸一把抓住小北，对警察说："钱肯定是被这个小乞丐偷走了。"

警察乐得人赃俱获，不由分说便给小北戴上手铐。两位记者抓到大新闻，撇下余伯庸，跟随押解小北的警察去了。时值中午，得月斋的章老板推着手推车来给足球队送午餐，身后跟着他女儿阿玉。章老板和阿玉与迎面押解小北的警察走了个对面，小北正大声辩解，说他是冒死帮死胖子把包抢回来的，死胖子答应给他二十块钱作为酬劳。小北突然看见迎面而来的阿玉，急忙指着阿玉对警察说："这位姑娘可以替我作证，我夺回包的时候还把她的便当车撞翻了。"

警察哪容得小北辩解，推搡着把小北押上警车。一位老警察有些经验，他上车前警告两名记者，说小北现在只是犯罪嫌疑人，不允许随便见报。

岁数大的老记者回撑老警察，说道："他是罪犯还是嫌疑人是你们的工作，见不见报是我们的工作，互不干涉。"

不出余伯庸所料，中华足球队的比赛经费遭遇劫匪抢劫一事见诸报端后，广州商会酷爱足球的邱会长便开始张罗募捐，一天之内就筹集了三千块钱，并亲自送至师范学堂训练场。邱会长是个十足的足球迷，闲时便会到训练场看足球队训练，中华足球队只要在粤港两地比赛，他几乎没有落下一场球。邱会长与李惠堂也是惺惺相惜的老朋友，二人相交十余年，可谓是肝胆相照。余伯庸极擅长场面铺排，他急忙派车接来昨天的两位记者，让他们来给邱会长资助中华足球队拍照和报道。

老记者对余伯庸说："这事儿有些不妥。"

余伯庸问道："何处不妥？"

老记者说："今日见报'中华足球队两千经费遭劫，悍匪小北当日人赃归案'，明天若是再报'邱会长慷慨资助，为中华队解燃眉之急'，读者难道不会有疑问，昨天人赃俱获的钱去了哪里?"

余伯庸赶忙把一个红包塞进老记者的笔记本里,说道:"如何见报是你们记者的工作,努力提供新闻是我们市民的本分。"

小北被带回警察局,按照惯例先关进铁笼子里反省一夜。这一夜,小北差点把值班的警察吵死,他不停地拍打铁笼子喊叫,说自己是被死胖子冤枉的,还说阿昭等他拿钱回去治病。直到天亮时分,小北把自己嗓子喊哑,这才趴在铁笼子里睡着了。第二天,小北被带进审讯室,老警察稍加盘问便知道小北不是劫匪。明知他不是劫匪,老警察也没有当即放人,因为当即放人没准儿会被事主反咬一口。于是,小北又被关回到铁笼子。这一夜,小北没再叫喊,而是默默地流了一夜眼泪,因为他心里牵挂着阿昭。自从他娘去世后,小北就把阿昭当作亲人,他还承诺将来要娶阿昭做老婆,还要让阿昭过上一天吃三顿饱饭的好日子。小北甚至幻想着抢劫一个富人,不伤筋不动骨抢来富人一枚戒指,就能给阿昭换来一间栖身的房子。房子最好有两间，将来有了孩子可以住。阿昭身子骨弱，最多生俩孩子，但也就足够了。憧憬着未来的房子费了很大心神，因为小北从未走进过广州人家屋里，所以他想象不出广州城房子里面是什么样子。最后，他把铁笼子外面的房间认真琢磨了一会儿，又在铁笼子外面想象出一张床和一个衣柜，瞅着阿昭上床躺下之后，小北也迷迷瞪瞪睡着了。

小北在铁笼子里又熬过一夜，心中对死胖子越发愤恨，脑海里已经把余伯庸痛打了无数遍。晌午时分，正在铁笼子里昏睡的小北被老警察吼醒，说有人保释他。小北虽然不知道"保释"是什么，但是大概意思能明白，心中暗自纳闷谁会来保释自己呢？

前来保释小北的人是得月斋的章老板和阿玉，老警察得了章老板的红包，也乐得做顺水人情。阿玉今天穿了一件月白色的纱质旗袍，衬着她的鹅蛋脸和丹凤眼越发好看。站在警察局门口，小北一脸愧疚，忙不迭地向章老板和阿玉称谢，还说等他有了钱会赔偿那一推车便当。

章老板斜睨了一眼小北，说道："要谢就谢我女儿吧，若不是她催命似的让我来，我才懒得保释你个穷要饭的。"

小北脸色涨红，对着阿玉深鞠一躬，说道："小姐好人做到底吧，你再借我二十块钱，我朋友等着钱看医生呢。"

章老板鼻子里"哼"了一声，瞅着天空说："我说什么来着，穷要饭的个顶个，都会蹬鼻子上脸……"

阿玉没有理会他爹，她对小北说："你的朋友……她已经死了……"

五

就如埋葬他娘一样，小北用两领破席子卷起阿昭，把她埋在西郊乱坟岗。一个认识字的叫阿泰的小乞丐，他刻了一块木头牌子，上面写着"阿昭之墓"。小北跪在墓前，哭得昏天黑地，他觉得自己再一次成了孤儿。一群一直以来得到小北庇护的小乞丐们，见小北不肯离开，他们也不好意思走。闲待着也是无聊，阿光和阿泰干脆在阿昭坟墓边上下起了五子棋，因为阿光悔棋，两个人争执不下便抱头搂脖子打起架来。直到一场大雨袭来，小乞丐们完全顾忌不上面子，四散着跑开找地方躲雨去了，只剩下小北孤零零跪在阿昭坟前。雨水混着泪水，漫过小北脏兮兮的脸颊，流出一道道洁净的泪痕。突然，小北站立起来，继而转身便冲出乱坟岗，沿着逢源大街直奔师范学堂。小北先是被悲哀笼罩，现在则又被愤怒掌控，他把阿昭的死归罪于余伯庸。一路跑进师范学堂，小北发现足球训练场空无一人，一位正在修补草坪的校工告诉他，说中华足球队已经启程去了码头，今天要乘船前往马尼拉参加远东运动会。

　　小北转头奔出师范学堂，发疯似的奔向码头。前往客运码头的路十分熟悉，小北时不时会带着小乞丐们在那里乞讨，出门在外的旅人往往囊中殷实，也不吝啬小钱。即便是不肯使钱，也会把随身携带的食物散发给乞丐。小北第一次吃到巧克力，就是在客运码头，一位南洋归来的华侨老太太给他的。小北把巧克力塞进嘴里的时候，瞬间愣呆，他的味蕾从未尝到过如此好吃的糖果。如果不是融化得太快，小北很想把嘴里的巧克力都吐出来，全部带回窝棚给阿昭吃。有了那次吃巧克力的经历，小北就承诺要给阿昭买巧克力吃，可直到阿昭死去，小北也没能再乞讨到巧克力，当然也没有钱去买巧克力。脑海里想着阿昭吃到巧克力的惊喜神色，小北的脚步丝毫不见懈怠，他跑过集市，跑过骑楼，超越路上所有黄包车。

客运码头上锣鼓喧天，三支南狮队正在巨大的客轮前跃上跳下，佛山装的刘备狮、关羽狮和张飞狮闪展腾挪，雄壮又威武。南狮锣鼓队的后面拉着巨大横幅，上书"广州商会为中华足球队壮行"。横幅下方，邱会长带领广州商会一干商贾束手而立，为中华足球队送行。已经登上客轮的中华足球队的队员们着统一白色西装、头戴白色礼帽，趴在护栏上观看南狮表演。随着一声汽笛鸣响，客轮的船头船尾各有四名水手飞快地收着缆绳。码头上三名工人懒洋洋地走向云梯，准备把上下旅客的云梯推走。就在此刻，一个脏兮兮的黑影飞速绕过弓步的关羽狮，跨过上膝的张飞狮，"噔噔噔"跑上云梯尽头，然后一个箭步跃上客轮三等舱的甲板。来者正是乞丐小北，众人的目光和注意力全都在刘关张三只狮子身上，只有二等舱甲板上的陈镇和看到了飞身上船的小北，他在心里禁不住一声喝彩，觉得小北的身手与速度具备足球场上一名优秀前锋的素质。

小北上船后找到楼梯，旋即登上二等舱甲板。在码头上，小北已经看清楚中华足球队全都聚在二等舱甲板上。随着第二声汽笛鸣响，客轮已经徐徐驶离码头。李惠堂抱拳拱手，冲着邱会长一干商贾朗声说道："惠堂与中华足球队承蒙诸位厚爱，此去马尼拉定当全力以赴争取冠军，以报南粤父老资助之恩！"

　　李惠堂话音落地，便传来余伯庸一声惨叫。众人侧目时，发现余伯庸正抱头窜逃。小北飞起一腿将余伯庸踹倒在地，待他要骑上身去时，谭江柏一把抱开小北，余伯庸赶忙爬起身来，蹿下楼梯。

　　陈镇和用手臂碰了碰谭江柏，对他小声说道："你放手，这次经费被抢有蹊跷，我真觉得余伯庸这厮早该被整治一番了。"

　　闻听此言，谭江柏松开双手，小北箭一般飞向楼梯口。

　　谭江柏摇了摇头，感叹道："咱们队没有一个有如此的启动速度呀。"

　　陈镇和点点头，瞅着小北背影说："这小家伙有点意思。"

　　李惠堂与陈镇和有着相同心思，他双手抱在胸前，轻声对陈镇和说："这回若是拿住余伯庸的把柄，我们中华队恐怕就不能容他了。"

众人眼看着余伯庸往船头跑去，他的身材本就臃肿肥胖，没跑几步远便被小北追上，又是一顿暴打。李惠堂率先下了楼梯，他担心小北下手太重，毕竟还没有抓到余伯庸徇私舞弊的证据。待李惠堂等人走到跟前，小北已经把余伯庸半个身躯塞到船舷护栏外。望着翻起白浪花的海水，余伯庸双手死命抓着船舷护栏，发出杀猪一般的号叫。小北腾出一只手，一拳击过去，正中余伯庸的鼻梁。余伯庸不再号叫，因为他的鼻腔和喉腔里已经充满血水，只能发出"呜呜呜"的声音。

小北叫骂道："你今天不摘了我的屎盆子，我就把你扔到海里喂鱼，你说，钱是不是我偷的？"

余伯庸拼尽全力翘起头来，看到球队全体队员围拢周边，但是没有一人上前帮忙，他便知道自己今天是逃脱不了了。他吐出喉腔里的血水，大声喊道："不是你偷的，不是你……"

小北对着余伯庸的脸又猛击一拳："是谁偷的？"

余伯庸又吐出一口血水，因为血水黏稠，顺着他的脸颊流到后脖颈子，染红了白西装的衣领。

余伯庸大口喘息着，说道："肯定是抢我皮包的歹徒偷走了。"

小北骂道："放屁！那个人被我一路追赶，连皮包都没有打开过，怎么会偷你的钱？"

余伯庸不再辩解，只是不停地吐出喉腔里的血水。小北看到足球队的人都在，既然大家不上来阻拦，看来是都想知道死胖子皮包里钱的下落。于是，小北越发有了底气，他使劲扒开余伯庸抓住船舷护栏的手，将他肥胖的身躯又往外推搡出去一些。余伯庸彻底惊慌了，挥舞着那条无处着力的手臂，吐掉一口血水，喊道："是我，是我……赌博把钱全都输掉了。"

此刻，小北回过头来，眼睛望向李惠堂和陈镇和等人。李惠堂点了点头，示意队员们把余伯庸拉回来。余伯庸浑身瘫软，依靠在船舷旁，大口大口地喘着粗气，眼睛却不敢望向中华足球队的任何人。

小北站起身来时，扭头望向船尾，才发现轮船已经驶离陆地很远了。他迟疑片刻,抬起腿来跨过船舷,他决定跳海游回去。

突然,一只手伸过来,陈镇和抓住了小北的胳膊,对他说:"天快黑了,你游不回去就淹死了。"

小北瞅了一眼遥远的陆地,问陈镇和:"我……也要去马尼拉?"

陈镇和笑着说:"人生就是这么难以估摸。"

六

第一次坐船的小北满心好奇,激动到睡不着觉。从船头到船尾,从一等舱的豪华单间到五等舱的大通铺,小北上上下下转了很多遍。循着饭菜的香味儿,小北转悠到了餐厅,犹疑着走进去。看到舷窗前一对老年夫妇离开餐桌时,他赶忙走过去端起餐桌上剩下的半盘子炒河粉,用手抓起来就往嘴里送。这时候,一位客轮安保员走过来,他一边呵斥一边推了小北一把,让他立刻滚出餐厅。小北正要重使绝技,准备端着盘子跑,却被陈镇和一把抓住胳膊。陈镇和接过小北手里的盘子，递给安保员，说道："他是我们中华足球队的工作人员，请你对他放尊重些。"

说罢，陈镇和指着洗手池，对小北说："去洗手，以后跟着我们球队一起到餐厅吃饭。"

原来，陈镇和做通李惠堂的工作，让小北暂时作为中华足球队的杂工，并让领队为小北补上船票。陈镇和又"得寸进尺"，说小北速度快、身手敏捷，如果假以时日雕琢，没准儿会成为一名好前锋。李惠堂不以为然，他觉得足球是一项神圣且复杂的运动，不是江湖杂耍，足球要有门槛，目不识丁的乞丐怎能理解和掌握团队运动的奥妙深意。陈镇和却说门槛是为普通人设置的，而天才都会打破惯例以不同寻常的方式介入。那一刻，小北正边咽口水边盯着旁边一对母女手里的冰汽水。

看到这幅场景，李惠堂苦笑着摇了摇头，对陈镇和说："我们球队的人要么读过私塾，要么读过新学，足球的外在是运动，足球的内涵是策略、精神，不读书的人如何衔接外在和内涵？"

陈镇和笑着说："天才有天才的衔接方式。"

李惠堂说:"但愿能让我看到他天才的一面吧。"

为了保障体能,中华足球队每天还是要在行驶的航船上进行训练,热身运动是绕着三等舱甲板跑三十圈,十圈慢跑,十圈快跑,十圈冲刺跑,观看足球队训练成了客轮上乘客最喜欢的消遣方式。每天早晨,乘客们起得比足球队还早,争相抢占有利的观看位置。为了节省经费,球队没有带多余的工作人员,鼻腔里塞着消毒棉条的余伯庸负责为球员跑圈读数。陈镇和送了小北一身运动服,让他跟着球队一起训练跑圈,他还叮嘱小北能跑多快就跑多快。小北觉得很是新鲜,每天跑跑步就能穿上崭新的运动服,还能坐在餐厅里吃饭,而且想吃多少就吃多少,这简直是天堂一样的日子。这件事让小北很是想不通,这群健壮的男人不用干活也不用做事,为什么每天跑跑步踢踢球就能过上神仙一样的日子?自己比他们每个人都跑得快,为什么吃不上穿不上,还到处被人欺负,甚至连自己喜欢的女人都保护不了,问题出在什么地方?自从接触到中华足球队以来,无数想不通的问题萦绕在小北脑子里。

吃饱饭的小北，跑步对他来说更是家常便饭，每天早晨跑三十圈，他能够套整支球队七八圈。就算是套别人七八圈，还是小北收着速度跑的。若是撒开欢儿奔跑，小北觉得自己能套这些人十圈以上。之所以收着跑，是因为小北看到被他套圈的大多数球员脸色不好看。脸色更为难看的是余伯庸，这个死胖子瞅他的眼神里面充满了愤恨，恨不得冲上来给自己打断腿。在这一刻，小北突然明白这碗饭也不是那么容易吃的。搞好团队关系，这个朦朦胧胧的概念在小北脑子里算是有了初步轮廓。

望着飞身而过的小北，陈镇和用胳膊肘碰了碰身边的李惠堂，李惠堂用鼻子"哼"了一声，说："我们是足球队，不是田径队。"

数圈的余伯庸看到小北就暗自运气，一个小乞丐居然敢对他动手，还打断了他的鼻梁骨。这个凭空钻出来的愣头小子，简直就是自己的克星。尤其是看到陈镇和处处护着小北，甚至有吸收他加入球队的想法，这是余伯庸绝不能忍受的，他必须想办法让小北尽快滚蛋。相对于眼中钉小北，整支球队对自己不待见让余伯庸更为难受。自登船以来，球队的灵魂人物李惠堂、陈镇和和谭江柏几乎不搭理他，每每没话找话的时候，自己都会碰一鼻子灰。碰一鼻子灰后，更会觉得鼻头酸涩，有几回差点落泪。抚摸着还肿胀的鼻子，余伯庸暗叹，这鼻子跟着自己算是受尽了苦楚。

热身运动结束后，球队集中在相对开阔的前甲板拉伸，小北跟在陈镇和的屁股后面，有样学样亦步亦趋地压腿、沉肩、下腰，一整套拉伸运动做完，立刻就能感受到全身轻松自如。接着是力量训练，船上没有健身房，也没有训练器械，球员们便扛着另一名球员做下蹲起。做完下肢力量，开始练习腰腹力量。练习腰腹力量则是就地躺在甲板上，做五十个仰卧起坐，总共做五组。做到最后一组时，小北觉得肚子已经开始抽筋了，为了跟上全队的节奏，他只能咬牙坚持。最后一项是上肢力量训练，一组六十个俯卧撑，也做五组。即便是咬牙用尽吃奶力气，小北也只能坚持做完三组。剩下的两组，小北做不到十个便开始双臂颤抖，最终趴在甲板上动弹不得。

做完力量训练，全队开始有球练习，颠球传球以保持球感。陈镇和给了小北一个球,让他独自学着颠球。足足学了五天,小北还是无法连续颠上三个球,而且还把一只足球颠进海里。因为害怕再把球颠进海里,小北越发紧张到缩手缩脚,几乎不敢再颠球。陈镇和知道小北是心理问题,便教他传球,脚弓传球、脚后跟传球、内脚背传球、外脚背传球,传着传着小北又把一只足球踢进海里。余伯庸忍不住骂起来,说小北是个败家玩意儿,还说没到马尼拉,足球就会让他全都踢没了。陈镇和也很无奈,便不再让小北碰足球,只让他跟着球队热身跑步和力量训练。

七

一周过后,中华足球队乘坐的客轮抵达马尼拉。同时抵达的还有一艘日本邮轮,日本所有参加第十届远东运动会的运动员全部乘此船抵菲,其中也包括志在夺冠的日本男子足球队。日本足球队半数以上球员已经参军入伍,队长冈山垄一是日本陆军二十三师团的一名少佐。冈山垄一率领日本足球队与中华足球队数度交手,无一胜绩。尤其是在最近四届远东运动会上，除了上届三比三打成平局，其他三届均以大比分输给李惠堂领衔的中华足球队。随着日本军队在亚洲地区的势力不断扩张壮大，不可一世的日本人想在各个层面上竭尽全力称王称霸。此番出征前，冈山垄一带着日本足球队进行誓师大会，立誓放言要打败亚洲足坛霸主中华队，夺取第十届远东运动会足球冠军。

冈山垄一下船后，走在码头上看到中国华侨打出的横幅，便断定中华足球队也到了。从中华足球队队列里，冈山垄一一眼便认出劲敌李惠堂，李惠堂正意气风发地向欢呼迎接的华侨挥手致意。冈山垄一离开日本代表团，径直走向李惠堂，用日本人特有的奇怪英语音调向李惠堂打招呼："李惠堂先生，我们又见面了。"

李惠堂微笑道："我还以为冈山垄一先生忙着四处攻城略地建立军功，不会来参加这届远东运动会了。"

冈山垄一收起笑容，一脸正色："人有人的营生，国家有国家的使命，振兴亚洲就是大日本的使命，我个人的命运能够与国家使命相融合，这是我作为军人的荣耀。"

李惠堂道："美化侵略是一个军人的耻辱，何来的荣耀？"

冈山垄一有些语塞:"马尼拉之行,我不是军人,是一名足球运动员。"

李惠堂微微一笑:"作为运动员,你更不会享受到胜利的荣耀。"

冈山垄一咬紧牙关:"用你们中国话来讲,鹿死谁手还不一定,我们球场上见分晓吧。"

李惠堂优雅地摘下礼帽:"球场上见。"

历届远东运动会的足球比赛都是最吸引眼球的,而最具观赏性和新闻焦点的无疑就是中日之间的比赛。中国的李惠堂和日本的冈山垄一,同是参加过四届远东运动会的老运动员,且两人都已成为各自球队的领军人物,因此,这届比赛的中日之战更加引人注目。在前八届远东运动会的足球决赛中,中国队均战胜日本队。唯独在第九届比赛中,中、日两队以三比三打成平局,这也让日本队野心膨胀,誓死要在第十届远东运动会上击败中华足球队。

跟往届一样地毫无悬念,中华队和日本队分别战胜各自的对手越南队、印尼队和菲律宾队,双双跻身决赛。这两支意料之中的决赛对手,这场万众瞩目的决赛,最终是哪支球队夺冠,一时间成了整个亚洲的热门话题。李惠堂给球队放了半天假,让大家好好放松休息,养精蓄锐备战第二天与日本足球队的决赛。

马尼拉之行让小北大开眼界,看到的、听到的都是他认知之外的新鲜事物。中华足球队下榻在一家西班牙风格的小酒店,酒店为了招待好中华足球队的球员,特意招聘了中国厨师。中式烹饪和西式摆盘让小北看到了另一种生活,而且是他可以亲历的生活。廖月英教会小北使用西餐餐具,还多次警告他咀嚼食物的时候闭上嘴巴,不许发出"吧唧吧唧"的声音。小北学东西很快,他甚至有些开始迷恋这种生活,静静地吃饭,细细地品酒,礼貌地微笑,小声地讲话。小北与陈镇和住一个房间,早晨从雪白松软的床上醒来时,他会觉得恍惚,恍惚间以为自己还是在梦中。其实,以前做梦也不曾有过这样的生活,因为他没有见过,更不曾享受过。

午睡时间,小北压根儿就睡不着,但又怕影响陈镇和休息,便只好安静地躺在床上,轻轻地翻转身体感受舒适柔软的床垫。又转了一个身,他忽然想起了阿昭。一想到阿昭,小北心头就涌起一股苦涩,阿昭从未睡过这么好的床,也从没吃过这些摆在干净大瓷盘里的精致饭菜。不知不觉中小北流下泪来,他甚至觉得自己享受过这些之后,就算是死了也值得……好不容易熬到闹铃声响,小北听到陈镇和坐起身来,随后开始洗漱打扮。

小北怯生生地问道:"陈先生,你下午有事儿?"

陈镇和自顾自地梳着分头,说道:"嗯,很重要的事儿,你想不想跟我一起去?"

小北知道陈镇和一直照顾呵护自己,他叫自己一起去做的事情肯定都是好事儿,便忙不迭地答应下来。

走出酒店,陈镇和叫来一辆人力车,用英语说了一处地方,车夫笑着点了点头。陈镇和上了人力车,转头对车外的小北说:"你跟着跑。"

小北笑道:"好嘞!"

车夫的速度跟不上小北,小北轻松地跑在人力车一侧,一边跑一边跟车里的陈镇和聊天。

小北问道:"陈先生,咱们这是去哪儿?"

陈镇和笑道:"带你去看漂亮女孩。"

车夫在一处喧闹的大楼前停下来,陈镇和下车付了钱,便带着小北往大楼里走去。大楼门口有两个人在验票,小北学着陈镇和的样子把组委会发的牌子交给验票员查验,随后便尾随陈镇和走了进去。走到大楼里面,小北才发现这不是一栋大楼,而是一座露天游泳池,游泳池四周全都是高高的看台,看台上坐满了花花绿绿的男男女女。陈镇和引着小北上了看台,找到一处座位坐下来。坐定后,小北才看见游泳池一端站着一排女人,而且全都露着胳膊和大腿。小北的脸瞬间涨红,赶忙扭向一侧。陈镇和笑着把小北的脸扭转回去,说就是带着他来看漂亮女孩的。这时候,漂亮的女孩子们一字排开,站上泳池一端的高台上。女孩们四肢修长,留着一水儿短发,紧身泳衣把青春的身材包裹得凹凸毕现。这种洋溢着现代气息的女性之美,让小北一时间觉得有些窒息,他不再顾忌自己的羞涩,甚至有些恼火自己的软弱。小北目不转睛地盯着一位女孩雪白的胸口,情不自禁地攥紧了双拳,连呼吸都变得粗重起来。女人竟然可以这样穿衣服?女人居然能够参加游泳比赛？女人穿得如此之少难道不会觉得羞臊……无数个疑问，在小北脑海里裹缠，他甚至怀疑这一刻的自己还是不是活在人间。小北接触过的女人只有三个，他娘、阿昭和得月斋章老板的女儿，这三个女人跟眼前游泳池边上的这一排女人不就是两个世界的吗？

发令枪响，一排女孩一起奋力跃入池中，拼尽全力向对面游去。小北也会游泳，但是他十分肯定自己游得没有这么快，游泳的姿势也没有如此好看。这个时刻，他心里对这些穿着暴露的女孩子充满敬意，她们不仅漂亮，身上还有一股说不出来的吸引力，让他感觉全身血液往头上涌来。原来，小北以为吃饱饭是顶顶重要的事情，如今看来这个世界上不光只有填饱肚子这一件事情，还有运动会、足球、游泳，还有客轮、酒店、松软的床垫……

陈镇和激动地站起身来，他脱下西装在手中挥舞，嘴里不停地喊道："易梅，加油！易梅，加油！易梅，加油！"

女孩子们在泳池里连续游了两个来回，陈镇和越来越兴奋，他一把拽起小北，喊道："快给易梅加油！"

小北似乎也融入了气氛，他甚至顾不上问易梅是谁，便站起来跟着陈镇和一起呐喊:"易梅,加油!易梅,加油!易梅,加油!"

八

早晨,中华足球队只进行了简单的慢跑热身,连小北最喜欢的冲刺跑都没有进行就停止了训练。早餐结束后,球队全员去酒店会议室开会,包括廖月英、余伯庸和小北。李惠堂先是安排下午的首发阵容,接着布置了战术打法,也讲解分析了日本队各个位置上球员的技术特点。李惠堂足足讲了一个小时,小北却几乎一句都没听明白,但是从球员们肃穆决绝的神情上,他知道下午这场比赛很重要。但因为事不关己,小北恍惚间走了神,又想起昨天下午在游泳赛场上那些激荡人心的场景:易梅夺得二百米混合泳比赛冠军后,站上领奖台中间,一位年长秃头的男人给易梅细白的脖子挂上金牌后,赛场上所有人站立起来,喇叭里响起国歌,游泳池对面升起一高两矮三面国旗。最后,陈镇和跳下看台,跑到易梅面前,把她抱在怀中旋转……二百米混合泳、冠军亚军季军、金牌银牌铜牌、升国旗奏国歌，这些全是第一次听到的词汇，还都是陈镇和昨天下午告诉他的。小北问陈镇和，金牌是金子做的吗？陈镇和说不是金子，是普通的钢铁金属，但是比金子还要值钱。小北有些糊涂了，普通的钢铁怎么会比金子还值钱呢？

李惠堂手拍桌子的声音，把小北吓了一跳，心神又回到会议里。

李惠堂提高嗓门，说道："此役不能输，只能赢！我们要用这场胜利来告诉日本人，中国人是不可战胜的！"

随后，李惠堂的声音缓和下来，让大家去餐厅吃午餐，午餐后抓紧时间午睡。球员们纷纷起身走出会议室，小北跟在李惠堂和陈镇和身后，听到李惠堂小声问陈镇和："比赛后用的东西准备好了吗？"

陈镇和小声回道："准备好了，在我的背包里，到时候我让小北随身携带，放心吧。"

酒店餐厅今天的午餐是自助餐，有白切鸡、烧填鸭、蜜汁叉烧、榴莲虾、茄子煲、盐水菜心，汤是虫草排骨汤，主食则是干炒牛河。酒店招聘的中国厨师显然是个粤菜行家，料理的每一样粤菜跟广州的味道完全一样。小北每一样菜都爱吃，就连靓汤里的汤渣排骨，他都会啃个干干净净。年轻球员们饭量大，干炒牛河足足上了两大盆，里面的大片牛肉又厚又嫩，比广州的干炒牛河在品质上更胜一筹。

除了主菜，小北又给自己盛了一大盘子干炒牛河，可就在他吃到第一口时，禁不住皱起眉头。自从来到马尼拉之后，的确吃到很多以前不曾吃过的美食，味道也是五花八门，小北都能一一接受。唯独今天的干炒牛河，让他觉得有一股熟悉的反常味道。小北流浪生涯里吃的都是残羹冷炙，馊酸臭霉的诸般味道历练，造就了他独有的灵敏嗅觉和味觉，尤其是这股曾经令他吃过大亏的异味，深深烙在他的记忆神经里。在他带着阿昭刚刚落脚广州的时候，每天都守在一家粤菜馆门口乞讨，老板出来赶了不知多少回。老板中午刚赶走他俩，晚上小北带着阿昭又回到粤菜馆门口守候。某天，粤菜馆老板大发慈悲，给小北和阿昭施舍了一份干炒牛河。当时，小北就察觉到了牛河里面有一股特别的味道，因为太过饥饿就没有多想，他和阿昭把那份干炒牛河吃了个干净。吃完之后不多时，小北便觉得肚子里翻江倒海，紧接着是一股一股的绞痛。缓了会儿望向阿昭时，发现阿昭已经面色苍白，额头上全是豆粒大小的汗珠子。接下来，两个人又拉又吐折腾了一晚上，才算明白是中了粤菜馆老板的阴招。而今天的干炒牛河里面的味道，跟那天干炒牛河的味道完全一致，那是一股令小北一辈子都不敢忘记的特别味道。小北赶紧吐出嘴里的牛河，吐牛河的声响惊动了其他球员，众人齐齐看着小北。

这些年来的江湖历练，使得小北多了一份戒备之心，他只对身旁的陈镇和低语："陈先生，干炒牛河里面有毒。"

陈镇和顿时瞪大眼睛："你怎么知道？"

小北说："我曾经吃过大亏，一辈子都忘不了这个味儿。"

陈镇和急忙站起身来，大声喊道："都别吃了，赶紧吐出来！"

球员们当即吐出嘴巴里的食物，怔怔地看着陈镇和。陈镇和与李惠堂耳语几句，李惠堂点了点头，转头叫来餐厅服务员，让服务员把主理的中国厨师叫来。不多时，服务员回到餐厅，说是这位中国厨师因为家中有急事，准备完这顿午餐后便匆匆辞职走了。此刻，陈镇和与李惠堂已不再怀疑小北的判断，催促球员们不要再吃餐厅里的食物，赶紧回到各自房间。

李惠堂问廖月英："有没有补救办法？"

廖月英说："大家去洗手间，用手抠嗓子眼儿，能吐多少就吐多少。"

接着，廖月英又对李惠堂说："马上安排人出去买香蕉和椰子，香蕉可以补充体能，椰子汁能祛风解毒。"

李惠堂点点头，让两名年轻球员出去买香蕉和椰子，送到各个球员房间里。而后，李惠堂把余伯庸叫来，让他赶紧去当地警察局报案，再去远东运动会组委会进行投诉。余伯庸顾忌自己的形象，先让廖月英帮自己把两个鼻腔里的消毒棉条取出来，这才出了下榻的酒店前往警察局报案。

大约半个小时后，便有不好的消息传来，已经有三位球员上吐下泻，并伴有剧烈腹疼，与小北描述的症状完全符合。接着又有几位球员出现同样状况，临近比赛前，已经有半数球员着道中招。李惠堂和廖月英逐个房间探查球员们的中毒反应,廖月英叮嘱大家多喝椰汁多排尿,尽快把体内的毒素循环排泄出去。

走进谭江柏的房间,李惠堂问道:"你怎么样?"

谭江柏说:"我吃得不多,当时差不多都吐出来了,现在肚子有点疼,但是能坚持比赛。"

李惠堂点了点头。

谭江柏问道:"还有几成胜算?"

李惠堂说:"连上场比赛的人都凑不齐,何来的胜算?就算你尚能坚持,我和镇和没有吃干炒牛河,也顶多不让比赛输得太过难看吧。"

李惠堂话音刚落,廖月英走了进来,说道:"江柳生也中招了,正疼得满地打滚。"

这是让李惠堂最为担心的事情,因为江柳生是中华足球队唯一的守门员。

李惠堂一脚踢开眼前的一把椅子,骂道:"龌龊卑鄙的日本人!"

九

随着裁判的一声哨响,第十届远东运动会男子足球决赛开始了。

中华足球队勉强凑齐了十一个能上场的球员,其中包括守门员江柳生。江柳生连拉带吐,走起路来都摇摇晃晃,他是被队友搀扶着参加入场仪式的。入场仪式上的双方球员相互致意环节,中华足球队全都背手肃立,拒绝与日本球员握手。

李惠堂走到冈山垄一面前,怒目而视道:"违背体育精神的人,是没有资格进入赛场的,我们之所以接受这场比赛是要让你们知道,无耻者的胜利只能彰显无耻,失败才是卑鄙者永远的坟墓。"

冈山垄一双手一摊,表示不知道李惠堂在说什么。

看台上的观众当然不知道发生了什么,他们只看到中华足球队仅有十一个人参加了入场仪式,其余队员则全都瘫坐在替补席上。观众们还看到,中华足球队的守门员是被队友搀扶着走向自己的球门。江柳生站上球门线，朝右侧做了一个扑救球练习后，挣扎半天才能站立起来。看台上顿时响起嘈杂的议论声，他们不知道中华足球队遭遇了什么，有人甚至觉得这是中华足球队的疑兵之计，因为中国人喜欢用兵法。

比赛开始，中华队和日本队居然都排出进攻阵形。双方开局后均在试探性倒脚控制节奏，以适应比赛场地环境和氛围。开场近十分钟时，日本队负责中场组织的冈山垄一快速带球冲向中华队禁区。谭江柏紧紧贴住冈山垄一，逼迫他将球回传给了队友。紧接着，冈山垄一一个虚晃摆脱谭江柏的贴身防守，再次要到球。谭江柏毕竟也受到中毒影响，脚步有些迟缓，待他追赶上冈山垄一时，对方已经将球传至左边路。谭江柏稍微放松，冈山垄一迅速往前插至禁区，左边路的球也恰好传中至冈山垄一脚下。随后赶到的谭江柏，虽然做出飞身铲球动作，但终因身体状态不济，距球差之毫厘。在禁区前沿附近，冈山垄一起脚射门，足球飞向球门。江柳生已经判断出足球的飞行路线，他迟缓地移动脚步扑往飞向球门的足球。突然，脚下一个跟跄，江柳生虽扑倒在地，但足球已应声入网。裁判哨声响起，判罚进球有效，场上比分一比零，日本队球员一起欢呼庆祝进球。因为日本人领土扩张的野心日渐暴露，整个东南亚也嗅到了硝烟的味道，看台上的观众没有为日本队进球鼓掌，倒是为中华足球队的状态担忧起来，因为这显然不是他们熟悉的那支中华足球队。

李惠堂迅速示意队友，把进攻型阵形改变成以防守为主的阵形，变阵重点是加强后防线，以弥补守门员江柳生身体状态的亏欠。开赛前，李惠堂便了解江柳生的身体状况，防守阵形应该是最稳妥的。但是，李惠堂心里清楚，总不能在九十分钟里一直被动挨打，进攻才是最好的防守，所以他想走一步险棋，以进攻阵形先声夺人。没有想到的是开场不到十分钟，日本队就率先攻进一球。既然进攻阵形没有奏效，率先变阵也是一种积极的应对办法。稳固的后防线果然给日本队的进攻制造了阻力，但中华队减少了前场进攻人数也必然使得日本队防守压力减轻，有更多人参与进攻。双方进入胶着状态后，中华队的后防线虽然全力以赴，还是频频被日本队撕开，出现多次险情。熬到临近中场休息，中华足球队依旧没有组织起有效的进攻，作为中场组织者的李惠堂，大部分时间都没有越过中场线，因为他要着力于防守。就连前锋线的陈镇和都不得不后撤参与防守，这也是他自从加入中华队后踢得最为憋屈的一场比赛。

谭江柏断掉日本队的一次进攻，得球后直接长传给前锋线上的陈镇和，这是谭陈组合最为默契的打法。终于得到球的陈镇和快速往前推进，但是队友们因为疲于防守，没有人能够前插接应，他只有单枪匹马以速度摆脱日本队的围追堵截。一名日本队的高个后卫眼看要被甩开，他便一个飞铲直接踢向陈镇和的小腿，随后把球破坏出了边线。裁判哨声响起，给了日本高个后卫一个警告。陈镇和在草坪上痛苦地翻滚着，两只攥紧拳头的指缝里全是青草。场边的廖月英提着医疗箱飞奔过来，打开陈镇和的护腿板检查伤势，随后给他的小腿涂抹上一层黑褐色药膏。这是廖家祖传的跌打损伤膏，经中华足球队多年使用验证，药膏十分有效。李惠堂和谭江柏把陈镇和从地上扶起来，陈镇和一瘸一拐地试跑两步，示意裁判可以继续比赛。裁判点点头，冲着陈镇和竖起大拇指。

裁判哨声响起，谭江柏奋力掷出边线球，李惠堂用左脚将球停稳，紧接着一个疾速后拉，用一个漂亮又潇洒的转身甩开了冈山垄一，快速推进过程中，起脚传给右边路的陈镇和。陈镇和高高跃起，奋力争顶到头球，足球落地后又弹起，陈镇和飞奔上前，不等足球再次落地，便是一记凌空抽射。这是一脚势大力沉的射门，足球在空中画出一道弧线，"咣"的一声击中球门横梁。这次三传两递的进攻干净又迅速，日本队守门员尚未来得及反应，甚至没有做出任何扑救动作。幸运的日本队，得到一次球门横梁的庇护。日本队守门员得到球后，迅速把球抛给中场的冈山垄一，也打了中华队一个快速的攻防转换。冈山垄一刚把球推过中场，便看到中华队后防线有一个很大的空当，而守门员江柳生站位也非常靠前，他便飞起一脚，将球吊向球门。江柳生看到冈山垄一起脚时，便已判断出他的意图，他赶忙往球门后撤，终究晚了一步，球门被日本队再次攻破，比分二比零。

中场休息时，休息室里笼罩着一种悲壮的沉默，除了长吁短叹没有人说话。小北端来椰子汁，廖月英催促大家赶紧喝椰汁，能喝多少就喝多少。余伯庸在一旁向李惠堂小声汇报，说警察局只认证据不认怀疑，还说组委会已经派人对酒店的饭菜进行取样化验。李惠堂明白，赛场以外的任何因素都无法干预这场正在进行的决赛，输就是输，赢就是赢。

这时，陈镇和走到李惠堂旁边，俯下身来在他耳边轻声嘀咕着什么，李惠堂一边听一边摇头。

陈镇和有些着急，用急切的腔调小声说道："这个局面下去，我们必输无疑，何不破釜沉舟搏一把呢？"

李惠堂瞅着陈镇和，眼神中露出疑虑。片刻之后，李惠堂让一名中毒严重的球员脱下球衣，交给正在给大家倒椰子汁的小北。陈镇和把小北身上的背包摘下，递给廖月英，让他去洗手间换上球衣。小北接过球衣，心中一阵狂喜，这些天来他做梦都想穿上这身胸口上印着"中华"二字的球衣。"中华"两个字，他只认得"中"字，"华"字是猜的。穿上这身球衣就意味着再也不会饿肚子、受欺负，下雨有房，睡觉有床，他就不再是一个惹人嫌的小乞丐了。

走出洗手间时，小北觉得自己全身的汗毛都竖立起来，这种感觉太奇妙了，比昨天下午看易梅的游泳比赛还要过瘾。一副兴奋又忐忑的僵硬笑容凝聚在小北脸上，他就这样走进休息室，走到李惠堂和陈镇和面前。

李惠堂大概是不想面对小北的笑容，他对陈镇和说："你来跟他说吧。"

说完，李惠堂便大步奔出休息室，因为下半场比赛时间马上到了。

十

陈镇和双手抚在小北的肩膀上，郑重其事地说："下半场你上，我知道你不会踢球，但是你会跑、能跑，你就不停地跑，球在哪儿，你就跑到哪儿，从对方脚下把球抢过来，然后传给队长或者队友，抢不下来就把他们脚下的球踢到场外，你明白了吗？"

小北早已激动得说不出话来，只好使劲点了点头。

下半场比赛即将开始，小北抖擞着跟着队友走进赛场，他"抖擞"的不是精神状态,而是真的身体在抖动。因为紧张过度,小北甚至觉得自己的脸都已经变形,他抬起手臂来抽了自己一个嘴巴。这一刻,他甚至想起陈镇和的口头禅,嘴里禁不住喃喃念道:"人生就是这么难以估摸。"

人生真的是难以估摸,小北本以为自己注定是个讨饭坯子,谁承想还能出国来到菲律宾,睡在西班牙风格酒店松软的床上,吃的全都是他做梦都梦不到的美食。关于美食的梦境,小北最奢侈的就是梦见赣江里的水全部变成金黄色的小米粥。从休息室走进赛场,短短百余米距离,他把自己的遭遇在脑海里过了一遍。确实如陈镇和所言:人生就是这么难以估摸。

主裁判开场哨声惊醒了发懵的小北,他刹那间想起陈镇和的叮嘱,奔着足球冲了过去。因为陈镇和说球在哪里,他就要跑到哪里。毕竟奔跑是小北最擅长的事,一旦开始奔跑起来,他很快就恢复了对自己身体的掌控,不再全身抖动。小北跟着足球满场飞奔,他的奔跑速度和奔跑能力令日本队大为惶惑,他们不相信这个世界有如此不知倦怠之人。在冈山垄一纳闷时,小北便闪电般到了眼前,并一脚踢走他脚下的足球。接连三次抢下日本球员控制的足球,小北顿时来了信心:原来踢球这么容易。就在他自我陶醉时,一位刚刚丢球的日本球员就地反抢,又把他脚下的球抢了回去。

就在小北愣神时,场上传来陈镇和的喊声:"接着抢!"

小北闻听,赶忙飞追过去。接下来小北利用速度优势,接连数次抢下日本球员的球,但是有三次把球传丢了。仅有一次,他把球传给了陈镇和,在陈镇和带球杀向禁区的时候,小北已经飞奔到了日本队球门前。陈镇和瞅准一个空当,拔脚怒射将球踢进日本队的球门。裁判员一声哨响,判罚小北越位在先,进球无效。看到这一幕,李惠堂仰起头来一声长叹。看台上的观众也跟着发出声声叹息,混合成一片焦虑的嘈杂声。

陈镇和跑到小北跟前,拉着他跑到中场,指着地上的中场线,对他大声喊道:"从现在开始,不许越过这条中场线!你在后场抢球,抢到球之后传给就近的队友,你听见了没有?"

小北压根儿不知道什么是越位,只好使劲地点了点头。

但他知道，刚才犯的错误连累到了球队，自己不能跑到对方球门前，到了那个位置，踢进球门的球都不算得分。小北猜想，大概是球场上的球员跟广州城里的官人一样，税务官只管收税，警察只管抓贼抓乞丐，自己在球场上只管后半场……

比赛重新开始，小北在中后场左右穿插，真正做到球在哪儿，他就跑到哪儿，像是一只不知疲倦的猎犬。冈山垄一时间有点不知所措，因为他们对中华队所有球员已经了如指掌，并针对每一位球员的技术特点进行过防守演练。横空杀出来的小北让冈山垄一有点儿摸不着头脑，他一眼就能看出来这个速度奇快的年轻人不会踢球，可他又拿这个不会踢球的家伙毫无办法。就在冈山垄一迟疑之际，小北再次抢下日本球员的一次传球，并把球交给李惠堂。李惠堂这次没有急于传球，而是把球蹚向左边路，等到他再次触碰到足球的时候，已经吸引过来三名日本球员，把右边路拉出一个很大的空间。李惠堂觉得时机成熟，飞快起脚把球长传到右边路。埋伏在中场的陈镇和迅速启动，摆脱了贴身防守的日本球员，顺利地制造出一次单刀赴会的进攻机会。日本队守门员紧张地挪动着双脚，直面陈镇和的冲击，但他心里已经知道这是一记必进之球。陈镇和轻松骗过日本队的守门员，将球推射入网，比分变成一比二。看台上的观众爆发出热烈的掌声和欢呼声，他们用中文喊着："中华队，加油！"

　　小北心里清楚，球队的饭菜被人下毒，下毒的主使可能是日本人，而下毒之人很可能就是酒店新聘的中国厨师。中华足球队超过半数人中毒，眼看这场比赛要输给日本人，而他则是这场比赛的孙悟空，横扫这群日本妖怪的重任要靠他。在接下来的时间里，小北依旧不知疲倦地纵横后防线，这种打法已经超出人们对足球运动的认知，日本队更不知道该称他是左后卫、中后卫或是右后卫。小北无处不在的积极防守也鼓舞了中华队的球员，大家更加众志成城。中毒不深的球员们经过中场休息的调整，加上不断补充的椰子汁，体力都恢复了很多。连江柳生也备受鼓舞，觉得脚下渐渐有了根儿。下半场的比赛进行到一半时，两队的攻防渐渐持平。眼见进攻受阻，冈山垄一想保住现有的比分，开始调整场上阵形，以守代攻。中华队的防守压力减轻之后，李惠堂改打三五二战术，让谭江柏带领小北镇守后防线，其他队员往前提，力拼中场。处在兴奋中的小北，渐渐摸清了足球场上的一些规则，时不时参与一下中场拼抢，接二连三为李惠堂和陈镇和输送了几个快攻球，帮助球队把比分扳成平局。上一届远东运动会，中日足球决赛就是三比三战成平局。眼看着比赛临近尾声，现场的记者和观众都以为要重现上一届中日比赛的比分。此刻，小北又在中场附近抢下日本球员的横传球，快速回传球给了谭江柏，谭江柏直接开出大脚，把球传给中场的李惠堂。李惠堂此前就看到时钟临近比赛结束，知道这是中华队的最后一次进攻机会，便左突右晃连续过了两名日本队球员，在禁区的角上发力一脚抽射，足球直挂球门死角而去。偏偏是日本后卫线防守的球员遮挡住了日本守门员的视线，冈山垄一把这一切都看在眼里，而且他也清楚李惠堂射门的力量，即便是守门员判断准确，触碰到球也会脱手。想到此处，冈山垄一高高跃起，眼看着足球即将划过头顶，他快速地抬起右手，将足球托出球门横梁。好在主裁判明察秋毫，果断鸣哨判罚点球。执行点球的李惠堂站在球前，对着一旁的冈山垄一露出轻蔑一笑，然后小步助跑，一脚大力抽射，日本队守门员判断方向准确，右手触碰到了足球，怎奈李惠堂射门的力量太大，足球脱手后进了球门。

随着球入球门，主裁判吹响了终场哨声，中华队三比二战胜日本队，赢得第十届远东运动会足球决赛冠军。中华队全体球员奔进赛场，尽情地欢呼这场得之不易的完美胜利。看台上的观众也跟着激动起来，全体起立为中华足球队欢呼。

陈镇和从队友人群里挣脱出来，跑向替补席的廖月英，接过她手里的背包，从里面取出一捆白布，转身跑向球场中央。李惠堂指挥全体球员在中场圆圈排成一排，然后展开陈镇和手中那捆白布，但见白布横幅上书一排黑色隶书大字：中华足球队将永久退赛以抵制伪满洲国参赛！

十一

6月的广州早已进入盛夏，阳光灼烤着大地，如果不是每天下几场雨，估计榕树叶子早被烤焦了。北方的寒冷曾是小北内心最深的恐惧，所以即便是在广州最闷热的时候，他也觉得心安。小北推着得月斋的便当车走在滚烫的马路上，丝毫不觉得酷热难耐。他现在已经是得月斋的一名伙计，接替阿玉给中华足球队送一日三餐的便当。

从马尼拉回到广州后，中华足球队受到最隆重的欢迎，花车载着中华足球队全体球员跑遍大半个广州城，所到之处锣鼓鞭炮齐鸣，各色南狮表演舞得尘土飞扬。小北站在花车上，心跳速率比他在足球场上冲刺跑还要快。这也是他做梦也不曾梦见过的场景，他在这座城市里竟然像个英雄一般招摇过市，而他一个月前离开这座城市的时候还是一个遭人嫌弃的乞丐。在最热闹的时候，小北又想起阿昭：如果阿昭能够看到这一幕，该有多好啊！

中华足球队回到师范学堂驻地，李惠堂便把余伯庸叫到办公室，让他收拾东西立刻滚蛋。

这是余伯庸早就料想到的结局，但他还是不死心，对李惠堂说："李先生，看在我们合作多年的情分上，您可否高抬贵手再给我一次机会，这些年来为了足球队，余某没有功劳也有苦劳吧。"

李惠堂冷笑道："此前，球队的账务出现多次亏空，问题都让我觉得莫名其妙，现在想来都是你中饱私囊了。你若是今天不走人，那我们就把旧账翻出来，从头算清楚吧。"

余伯庸闻言，不再做任何辩解，收拾起一只牛皮皮箱，站在驻地楼前深深地鞠上一躬，然后，头也不回地走出师范学堂。

接下来，中华民国体育部安排足球队接连踢了几场友谊赛，李惠堂以锻炼年轻球员为主，却唯独没有派小北上场。自马尼拉中日决赛之后，球队上下无论是陈镇和跟谭江柏等主力球员，还是替补球员，都接纳了小北。虽然没有办理正式的入队手续，但大家都已把小北视为球队一员了。从某种意义上来说，也的确是小北的速度拼抢帮助球队在特殊情况下战胜了日本队。

小北虽然不会踢球，甚至还不懂足球，但他也明白自己在中日比赛中的作用。在意识里和行为中，他也以中华足球队球员自居。此刻，加入这支足球队，已经不仅仅是为了吃饱肚子和穿上运动服那么单纯了。尤其是在战胜日本队后，全体队员在球场上打出横幅那一幕，小北看到所有球员眼眶里都含着泪水。小北不认识横幅上的字，他问身边的江柳生，横幅上写的什么？江柳生简单地讲述了日本军队如何占领中国东三省，并利用清朝最后一个皇帝溥仪成立"满洲国"，为了让世界承认"满洲国"，企图让"满洲国"参加远东运动会，为了抵制日本人分裂中国领土的野心，中华足球队将永久退出远东运动会。

小北似懂非懂，因为他还理不清其中的是非曲直，只是隐约觉得加入这支足球队，是比吃饱饭、穿上运动服更风光的事情。这一点，从广州各界隆重欢迎中华足球队凯旋的阵仗上就能看出来。还有平日上街闲逛，经常有人从小北身上的运动服认出他来，并投来羡慕景仰的眼神。他在银记肠粉店要过一碗肠粉，老板不仅给他免单，还送了一份凤爪和一屉水晶包。他乘坐人力黄包车回师范学堂，车夫说什么都不要钱，还称他是民族英雄。自此之后，小北几乎没有脱下过那身印有"中华"二字的比赛服，直到穿出呛鼻子的馊味。陈镇和实在忍受不住，又送了小北两件球衣，让他每天都要换洗球衣。小北已经领略到"中华"

二字的威力，每天晚上洗一把"中华"球衣上的汗水，第二天依旧穿上"中华"球衣上街，继续吃免费的饭、坐免费的车。阿玉每天三次准时送来足球队的便当，每回都会有意无意找小北说说话，他们俩已经成了朋友。小北从马尼拉回来的时候，给阿玉买了一件裙子，裙子是陈镇和帮小北挑选的，因为小北不知道该送阿玉什么礼物。

阿玉问过小北："为什么不在队里吃晚餐？"

小北得意地笑道："等我吃遍广州城的美食后再说。"

一天晚上，李惠堂把小北叫到办公室，问他想不想找份工作。小北顿时兴奋起来，因为他知道中华足球队全体球员每天踢球就是工作，天下男人有谁不想找这样一份工作呢？小北明白，这支球队一直没有正式吸纳自己，因为成为这支球队正式球员都会拥有属于自己的球衣号码。在马尼拉踢球的时候，小北穿的是替补球员的17号球衣，现在每天出去混吃混喝穿的都是陈镇和的8号球衣。小北内心有些激动，但是也觉得这是应得的，自己毕竟是战胜日本队的关键人物，是民族英雄嘛。

小北当即对李惠堂深鞠一躬，说道："我愿意要踢球这份工作,谢谢李先生!"

李惠堂道:"你不适合踢球这份工作,我跟得月斋章老板说好了,你去他那里当个伙计吧。"

小北吃惊到差点儿叫出声来,他不明白李惠堂怎么会如此安排?前些日子的友谊赛中,小北见李惠堂没有安排他上场参赛,起先心中有些惴惴不安,后来发现像谭江柏和陈镇和等主力球员都没有上场,他还以为自己享受到了主力球员的待遇。觉得这种无关紧要的比赛,无须他这样的"民族英雄"出战,心中还不免得意。直到今天晚上,李惠堂让他离开球队到得月斋去做伙计,他才如五雷轰顶。小北觉得脑袋"嗡嗡"作响,他还听到一个遥远的声音,李惠堂让他脱下印有"中华"二字的球衣,并让他今天晚上就离开足球队到得月斋去找章老板。

小北突然大声喊道:"我不去得月斋,我不要当伙计,我要踢球!"

小北的叫喊声惊动了球员们,大家从各自宿舍里面出来,聚集在办公室门口,观望着办公室里的动静。

李惠堂斩钉截铁地说道:"去不去得月斋,当不当伙计,我不管,反正中华足球队不会要你的,你走吧。"

听见李惠堂决绝的声音,小北知道自己留下来已经无望,他只好转过身去推开办公室的门,才发现整支球队的球员都站在门外。小北看向陈镇和,陈先生一直以来都是他的庇护神,他希望陈先生此刻能够站出来替他说句话。可陈镇和只是冲着小北惋惜地摇了摇头,表明他也无能为力。

就在这时,李惠堂的声音又从背后传来:"脱下球衣。"

陈镇和对着办公室里的李惠堂说道:"这件球衣是我送小北的,让他穿走吧。"

李惠堂道:"不行!因为球衣上的'中华'两个字,不仅是荣誉,更是责任,我早就说过,德到才能得到,德不到便得不到。"

对于这件8号球衣,小北万分不舍,他犹疑着抬了两次手才把球衣脱下来,递给了眼前的陈镇和。陈镇和赶忙脱下自己身上的短袖衬衣,接过球衣的同时把自己的短袖衬衣递给小北。小北一只手接过衬衣,另一只手却不肯松开已经交给陈镇和的球衣,手指死死地抓住这件被自己穿了两个多月的8号球衣，眼睛里噙满热泪。被汗水浸泡了两个多月，加上小北天天晚上搓洗，8号球衣的面料早就乏了。空气在这一刻凝固了，突然一阵轻微的撕裂声传入众人的耳朵里，吓得小北赶忙松开抓紧球衣的手。8号球衣留在陈镇和手中，但沿着"8"字已经被撕开一道长长的口子……

小北大脑一片空白，木然地走在羊城的街道上，他时而沉默无语时而疯狂号叫，惹得路人纷纷侧目，以为他是个失心疯。疯狂号叫是因为小北觉得愤怒，自己明明是战胜日本队的功臣，因为当天赢了日本队之后，陈镇和冲过来第一句话就夸自己是打败日本队的第一功臣。他们怎么可以这样对待一个功臣，当着全队队员的面把自己扫地出门……小北就这样在街道上疯疯癫癫走了整整一夜。黎明时分，太阳出来的时候，小北的眼泪也跟着流了出来，他又一次变成无处可去的乞丐。小北擦干眼泪，沿着街道奔跑起来，奔跑是他唯一拥有的技能。凭着这项技能，他度过人生最高光的两个月。本以为自己过上了衣食无忧的生活，可两个月之后依旧是尘归尘土归土，他又做回了乞丐。

小北一路狂奔，没有目标，他只想一路跑下去。足足奔跑了两个多小时，精疲力竭的小北扑倒在一棵榕树旁大口大口地喘着粗气，眼神里已经失去生气。

重又流浪街头的小北无处可去，只好再次回到香蕉地的窝棚，小乞丐们见他回来都很开心。阿泰曾经在街上看见过中华足球队的花车游行，他回到窝棚跟小乞丐说看见小北站在花车上，大家都不信阿泰说的话。如今小北回来了，阿泰跟在小北屁股后面追问，戴着花环在花车上游行的是不是他？小北正为这事儿闹心，哪里还有心思掰扯，他一把推开阿泰，就地躺在阿昭死去的地方，一言不发地瞅着棚顶的沥青纸发呆。他想不清楚，自己是中华队战胜日本队的功臣，就算不是民族英雄，也不至于被球队开除，这不正是说书先生讲的卸磨杀驴、死了兔子煮狗肉的故事吗。刚刚过去的两个月光阴，此刻想起来，莫非是真的做了一场梦，梦醒后还是在香蕉地窝棚里……莫非真应了陈先生那句口头禅，人生就是这么难以估摸。

闻着熟悉的潮霉味儿，小北在恍惚中睡着了。

十二

时间一晃,过去了两个月。北方已经入秋,羊城却还是艳阳肆虐,照旧每天下好几场雨,不间断地为这座城市降温。

小北又变回原来的小北,与昔日的小乞丐伙伴们四处乞讨。小北虽然变回原来的小北,但他再也不是原来的小北了。原来的小北,每天能够讨到一顿好吃的就会无比开心。现在的小北,就算是讨到一整只烧鹅也无法开心了。因为他见识过另一种生活,那种生活与乞丐的生活完全是两个世界。有些时候小北宁可饿肚子也不想出去乞讨,因为走上街头,就会让他回想起自己站在花车上受人追捧的场景,巨大的落差远比饥饿难受。有一回,阿光讨回来一只柚子送给小北。小北捧着柚子想起了足球,他坐在窝棚里发了一会儿呆,便招呼小乞丐们在香蕉地里踢起了柚子。柚子不经踢,几脚下去便开了花。阿泰用破布缝制了一个"球皮",在里面塞满棉花和破布,倒是比柚子更具球感。

香蕉地里障碍太多，乞丐们干脆移师去了沙面，沙面有面积很大的草坪。小北把乞丐分为两拨人，讲了大概的足球规则，就有模有样地踢起了足球。乞丐们玩得很开心，经常惹来路人围观，有一对白人老夫妇还送给他们一只真正的足球。

这一天小北又没出窝棚，百无聊赖地躺在阿昭曾经睡过的木板上，看着一条蚯蚓破土而出。两只知了大小的蟑螂从鞋底钻出来，跟蚯蚓打了个招呼就匆匆离开，复又埋伏回鞋底。蚯蚓大概是发现自己来错了地方，又重钻进土里，窝棚里恢复了寂静。马尼拉的一幕幕场景在小北脑海里循环往复，不停地重现：红色西班牙风情的餐厅、撒满黑胡椒粉带血丝的牛排、游泳池里的姣好身材劈波斩浪、日本人在输掉比赛后的捶胸顿足、中华足球队在赛场中央拉起的横幅……

小北当时就问过陈镇和，横幅上写的是什么。

陈镇和一字一顿地告诉他："中华足球队将永久退赛以抵制伪满洲国参赛！"

那一刻，小北似乎明白了一些什么，却又不是很清晰，他隐约觉察到这群踢球的男人好像不仅仅是为了吃饱饭，这个世界上或许还有比吃饱饭更重要的事情。小北说不清更重要的是什么，但他愿意参与其中，因为他愿意追随陈镇和做任何事情。陈镇和平时举止优雅得体，在球场上比赛的时候勇猛过人，小北觉得陈镇和不是关羽，也不是张飞，他就是赵云。小北常年在街头听书看戏，对三国尤为着迷，他最喜欢的人物就是赵云赵子龙。南狮里面有刘关张，为什么没有赵云呢？

就在此时，一个身影走近窝棚，站在门口喊道："小北，小北你在吗？"

小北一骨碌坐起身来，他听出这是阿玉的声音，赶忙趿拉上鞋子迎出窝棚。

阿玉应该是走了很远的路，两颊绯红一直红到脖子。阿玉穿着一条蓝白碎花的连衣裙，正是小北从马尼拉带回来送她的那条裙子。阿玉是一个让人愿意亲近的姑娘，她身上不光洋溢着青春的气息，更有一种不卑不亢不张不扬的得体感。阿玉出落成这般模样得益于她的妈妈，妈妈的娘家曾经是广州城里的大户人家，阿玉的外公是开洋行的商人，家中不管男孩女孩一概送进学堂读书。阿玉的外公本就是读书人,正当洋行生意做得风生水起之时,却不幸罹患恶疾,一年之后便撒手人寰,阿玉妈妈这才下嫁给章老板。阿玉长到十五岁的时候,妈妈再次怀孕,却不幸死于难产,只留下阿玉和爸爸相依为命。

小北同样能感受到阿玉身上与众不同的气质,他也因此对阿玉多了一些敬畏感。见到阿玉突然现身窝棚,他既惊诧又紧张。从马尼拉奇遇到广州城花车巡游,再到自己身着"中华"字样比赛服吃遍羊城大大小小餐馆,他也曾做过与阿玉相好的憧憬。可自打被李惠堂扫地出门后,小北便放弃了这个念头。

此刻,阿玉站在眼前,小北紧张得有点儿语无伦次:"你怎么……还来这里了?"

阿玉眨着一双好看的丹凤眼,羞涩地问小北:"陈先生跟我爸说好了,让你去店里帮工,你……怎么一直不见你人呀?"

小北张了张嘴,不知道该说什么。

阿玉接着说:"我知道你觉得没面子,帮工做伙计肯定不如踢球体面,可总比你做乞丐有面子吧。"

看到小北不作声，阿玉接着说："人这辈子谁都有起起伏伏，我妈妈说过，站起来的时候低着头，伏下去的时候要抬起头，这样起伏就不会太大。我爸也愿意你去店里帮工，陈先生还特意知会过我爸，说在工钱上不要亏待你。"

小北问道："陈先生也愿意让我去店里帮工？"

阿玉点点头："一直不见你去店里，陈先生就让我来找你，看看你是不是生病了。"

来到得月斋后，小北便接替阿玉每天三次推着车给中华足球队送便当。第一次推着便当车进师范学堂的时候，小北多少还觉得有些尴尬，从师范学堂北门到两层洋楼距离不过两百米，小北磨磨蹭蹭走了十几分钟。直到江柳生看到小北，主动过来跟他打招呼，让他赶紧取出便当来，说大家都饿了。遇见所有的球员都是熟人，大家倒是不觉得如何，纷纷过来跟小北亲切地打招呼。

李惠堂不在队里，他正在南京开会，因为政府要组织体育代表团参加德国柏林奥运会。足球队暂时由陈镇和带队训练，大家的备战热情很高，因为即将要参加跟欧美列强交锋的奥运会。

一日送晚餐的时候,陈镇和把第二天的菜单交给小北,并对他说:"晚上可以去球场上练会儿球,反正你回去也没什么事儿。"

听说可以踢球,小北点了点头,脸上露出难得的笑意。这一夜,小北在球场上踢球到深夜,陈镇和一直在做陪练。

一九三六年

一

沙湾是番禺的一个古镇，始建于宋朝。此地雨水丰沛，江河纵横，自古便是南粤的富庶之地。在沙湾镇的西南方有一座包相府庙，其间奉祀的是北宋名臣包拯。包相府庙始建于清朝嘉庆四年（1799），这一年，嘉庆帝扳倒大贪官和珅，和珅家的巨额财富震惊朝野，嘉庆帝决心进行一场自上而下的强力反腐，各地官员战战兢兢唯恐灾祸临头。南粤地方官为了自保，想做一点儿彰显清廉的举动，便召集师爷帮忙出主意。时逢南粤雨季，江河溢水冲毁河岸许多人家。西江大水更是日夜无休，溺毙者顺水而流浮殍四野。保定师爷出主意，说派人打捞尸首将其掩埋，奏报可虚填无名尸首若干。地方官闻听摇头，说万一遭人举报，空坟头就是铁证如山。绍兴师爷一展折扇，说是水灾过后发放赈灾粮，发一报十亦能捞个盆满钵满。地方官闻之大怒，吹胡子瞪眼拍桌子让师爷们转变捞钱门路，因为时下是保命时刻。

此时，一位地方师爷向地方官道出一段奇闻：说是西江大水将两岸房舍尽数冲毁,唯有一截乌黑之木没有随波逐流,始终漂浮于西江之上,在原地打转已三日有余。

地方官闻听,一时起了好奇之心,遂率一众师爷赶往西江,果然看到水中有一截乌木原地打转,不肯随水逐波。地方官派习水性之人,将这截乌木打捞出水。众人围观许久,横看竖看都是一人形。地方官灵机一动,命人召集雕刻名匠,将一截乌木雕成包拯模样。随后,便以镇水之名募集筹款,在西江岸边建造包相府庙。南粤自古富庶,历来唯有水灾成患,若能克水赈灾,百姓们不惜解囊相助。待包相府庙建成时,地方官捞足募集的善款,对下言称镇水保平安,对上奏报廉政助皇威……

农历丙子年春节刚刚过完,节日的气氛尚未消散,一个自称包伯庸的中年男人现身包相府庙,一脸虔诚地跪拜上香。祈祷完毕,包伯庸看到四下无人,便从口袋里面掏出一只玻璃瓶子,并将瓶子里的白蚁尽数倒在地上。起身后,包伯庸立在包拯雕像前,上上下下打量许久。随后,他转身出了大殿,径直走进包相府庙掌事者的堂屋。进得屋内,包伯庸掏出一张名片递上，包伯庸称自己是包拯嫡传三十一代，也是留洋归来的生物学家。去年夏天前来包相府庙拜祭过龙图阁大学士，当时发现先祖的乌木雕像一侧有白蚁卵。因为不放心此事，所以今天又来查勘发现白蚁已经泛滥开来，若再不加以整治，先祖爷的像身恐怕保不住了。

掌事者闻言吓了一跳，赶忙前往大殿验证，果然发现许多白蚁。

掌事者问包伯庸："如何整治才能保住包爷像身？"

包伯庸说："可以把像身运送至我的研究所，使用化学药剂熏染三个月，才能将像身深层里面的虫卵杀死。"

掌事者说："使不得，二月初七乃包公诞辰之日，前来朝拜者众多，万一包公像身不在成何体统？"

包伯庸皱起眉头，犹豫一番，说道："包某人认识一位雕塑大师，让他先寻一块等身相仿木料，照着先祖爷的样貌雕刻出来漆上黑漆，七日内便可完工，肯定耽误不了先祖爷二月初七的诞辰庆典。"

掌事者闻听，暗忖包公爷的后裔亲手整治像身蚁患，必定不会出差错。再说了，万一像身不加整治出了问题，还得出钱请人来重塑像身，必定又是一大笔费用。

掌事者问道："为包公爷杀虫，还有重塑替身木像，这笔费用是多少钱？"

包伯庸淡淡一笑，说道："包公乃我先祖，为他老人家重整像身是我辈本分，以上费用均包在我身上。"

于是，掌事者便召集来一群年轻力壮的农夫，焚香祈告之后，将包拯像身移出包相府庙。接着套上四驾马车，掌事者亲自舟车护运，把包公的乌木像身送至广州城包伯庸的研究所。

七日之后，一尊浑身漆黑的包公木像身运至包相府庙。掌事者一看，长短高低、眉眼鼻口果然不差毫厘。于是又召集来农夫，将像身安放回原处。随后几日，不断有人前来烧香拜谒，无人察觉此包公有何异常。

转眼间，临近二月初一，掌事者不见包伯庸前来归还包公乌木像，便动身进了广州城。寻到先前的研究所问询遍所有人，均不曾听说此处有包拯三十一代嫡孙包伯庸。掌事者不死心，守在大门口三天三夜，也不曾见到包伯庸的身影。无奈之下，掌事者只能返回包相府庙，隐瞒起包公像身不知所终一事。好在无人辨得出包公的新像身与老像身，这段公案也就一直不为世人所知。

半年后，在维也纳多罗索姆艺术品拍卖会上，一尊来自中国的乌木包公像以十九万英镑的天价成交……

二

兴许是要效仿南京秦淮河，珠江两岸的东堤、陈塘一带也遍布青楼楚馆。每到夜间，这里便灯红酒绿，觥筹交错间不时传来肆意放浪的欢笑声。偶有撕扯打斗上演也不足为奇，这等事多发生在下乘寨。下乘寨地势低洼，街巷里常年积水，腐臭味儿令人作呕。在不足五百步的江堤上，聚集了千余环肥燕瘦的女人。下乘寨的妓女虽多，却多是相貌不雅或是年龄较大的女人，接待的也多是干苦力的男人。下乘寨收费也低廉，花上六毛到一块钱，干一天苦力的男人就能换来一顿皮肉之欢。倘若遇到正在经期的妓女，男人便会觉得触了霉头，就会赖账不给，这个时候不免就有一番吵闹。

余伯庸一身月白色西装,款步走进上乘寨一家叫"药师庵"的门店。此处虽称"庵",却是广州城一等一的色情场所。药师庵的妓女不仅着僧袍,也剃光头,甚至还有法名。余伯庸熟识的妓女叫了尘,年方十九岁。余伯庸说了尘虚报了岁数,觉得她是二十九岁。每每听到余先生质疑自己年龄,了尘便会跪下来,竖起右手三根手指对天发誓:"了尘生于民国六年正月初八,若有半句虚言,今夜就让官人奋死!"

余伯庸进入曲房时,了尘早已沐浴更衣、薄施淡妆,静候多时了。了尘披着大波浪长发,长发垂过白皙姣好的脸颊,散落在圆润的肩头和丰腴的胸前。她着一袭暖黄底色绣粉红芍药花的丝绸旗袍,旗袍的开衩处露出多半截大腿,让入目者瞬间便觉得口干舌燥起来。了尘腿上着肉色丝袜,把细长的小腿包裹得紧致又性感,幻化成优美的弧度后斜插进黑色高跟鞋里。不谈风情,单就这身行头就足以把男人迷到三魂出窍。

听见房门被推开,了尘没有起身迎接,而是端坐茶几前继续品茶。望着了尘优雅的侧影,余伯庸狠狠地咽了一口口水,这是余伯庸第一次看到了尘着女装。瞅见余伯庸的失魂落魄状,了尘这才优雅起身,款款走过来替他脱下西装。余伯庸一把搂住了尘纤细的腰肢,接着把一张嘴凑了上去,从她的脖颈一直亲吻到唇边。了尘娇嗔一声推开余伯庸,说他走路走得满身汗臭味儿,让他先去冲凉。余伯庸贱兮兮地笑着,说自己半个月没有碰女人了,哪里顾得上冲凉。随后,他一把扯掉了尘的大波浪假发,露出她雪青色的光脑袋。

余伯庸笑道:"还是风骚的小尼姑更合师兄的胃口,戴个劳什子假发做甚。"

了尘提着大波浪假发,嗔怪道:"奴家还不是担心师兄看腻了光头,这可是地道的法国货,花了十六块钱耶。"

余伯庸开始解衬衣纽扣,说道:"不用报账,师兄给你报销,最近师兄做了一单大生意……"

余伯庸话音未落,曲房外传来一个男人的声音:"了尘师父的夜宵到了。"

了尘瞅了一眼余伯庸,余伯庸点点头,说是他顺路订了四方斋的夜宵。了尘这才开门,接过送货人递来的食盒。

了尘打开食盒，将里面的精致菜品一一摆放到茶几上，一碟凤爪、一碟叉烧肠、一份烤生蚝、一锅潮汕粥、一壶花雕酒。打发走送餐人，了尘关闭上房门，说是先吃点儿东西。余伯庸肚子也饿了，敞着衬衣坐到茶几前，便抓起一只烤生蚝稀溜溜地嘬进嘴巴里，品了品生蚝的鲜美味道，随后大嚼起来。

　　了尘拿来两只珐琅彩高脚杯，斟满两杯花雕酒，说道："快跟我说说，你做了一单什么大生意。"

　　余伯庸端起酒杯，喝下一大口："师兄做的生意是天机，不能泄露，来来来，喝酒。"

　　余伯庸放下酒杯时，突然看到茶几上有一份《广州民国日报》，头版末端有一行醒目的标题：中华足球队缺经费，西征柏林成泡影。

三

　　余伯庸穿了一身早晨刚刚熨烫过的西装，换了一双新皮鞋，打过发油的三七分头亮度不亚于脚上的新皮鞋。黄包车在师范学堂北门口停下，余伯庸下车看到两位尼姑正在慈慧庵门口清扫，不由得想起昨晚与了尘意乱情迷颠鸾倒凤的一夜。三年前的春节，余伯庸曾经回了一趟东北老家看望父母双亲。余伯庸回家第二天，余母便要带着他去镇上的马车行徐老板家相亲，二老早就物色好了徐老板家三闺女。余伯庸不忍心违背父母之命，只好编瞎话说自己已经有了意中人，等到明年过春节的时候就带回家成亲，让父母大人早日抱上孙子。编造这番瞎话的时候，余伯庸就想到了尘，到时候让了尘戴上一顶假发回家帮他糊弄一下父母。余伯庸很喜欢了尘，虽说了尘是个风尘女子，可他早就习惯了风月场上万般风情的重口味，徐老板家三闺女就算是闺中处女，过不了几天也就腻歪了。

余伯庸对着两位尼姑吹了一声口哨，用白话笑着调侃道："大好春光，两位师父昨夜可有春梦？"

一位长相清秀的尼姑抬起头来，看了一眼余伯庸，回道："梦到淫猫不停歇地叫，天明时分被无常鬼捉去了拔舌地狱。"

余伯庸笑着摇摇头："出家人哪能这般调皮刻薄……"

余伯庸踱进师范学堂的时候是上午十点整，正是中华足球队训练时间，足球场上却空无一人。足球场北侧有两株腰身粗细的木棉树，长得高挺周正，此时正逢盛花时节，每一杆枝头上都缀满碗口大小的红色木棉花。看到空旷的足球场，余伯庸会心一笑，径直走向二层洋楼。果然不出他所料，整支球队全都聚在会议室里，一个个蔫头耷脑。看到余伯庸走进会议室，众人全都一愣怔。自从被球队开除后，大家已经将近两年时间没有看见过余伯庸了。

李惠堂冷冷地看着余伯庸，问道："你来做什么？"

余伯庸微微一笑，冲着李惠堂微微鞠上一躬，说道："闻听中华足球队受到资金困扰，余某人不敢丝毫怠慢，特来为诸位仁兄解燃眉之急。"

看到李惠堂等人没有搭话，余伯庸接着说道："虽然分别近两载，但余某仍将自己视为中华足球队一员，球队遇到坎儿，余某岂能坐视不管。"

接下来，又是一阵沉默。

陈镇和问道："余先生准备如何管？是让我等筹措赌资，然后让你去赌场赢船票吗？"

余伯庸脸色微微一红,讪笑道:"人人都有糊涂时,余某早已痛改前非,踏实做事了。"

谭江柏瞅着余伯庸,问道:"江山易改,本性难移,你确定自己痛改前非了吗?"

谭江柏问完这句话,李惠堂和陈镇和等人没有听余伯庸说什么,而是扭头齐刷刷看着谭江柏。因为谭江柏的质问把问题带进一个误区,质问的目的似乎是要余伯庸一句承诺,而后便会重新接纳余伯庸归队似的。中华足球队的老队员们都知道谭江柏宅心仁厚,这位有着钢铁身躯的左后卫,还拥有一颗悲悯之心。谭江柏今天能够问出这句话,老队员们觉得十有八九是余伯庸事先找到谭江柏,一番软磨硬泡感化了谭铜头。

谭江柏似乎也明白了大家的意思,连摇头带摆手,说自己就是想给余伯庸一次痛改前非的机会:"咱们也不能一棍子把人打死,大家都是凡人,是凡人就会犯错误,俗语讲得好,浪子回头金不换嘛。"

余伯庸借话赶话,赶忙学着了尘的样子,"扑通"一声跪下来,竖起右手三根手指对天发誓道:"不是每个男人都有机会代表国家出战。余伯庸今天立誓,我在中华足球队一天,便远离赌博一日,如有食言,就让余伯庸这三根手指断掉,摸不得麻将也碰不得牌九。"

余伯庸的语调斩钉截铁,脸上的神情也非常诚恳,一时间竟也让人动容。唯有小北对其不屑,并在鼻腔里发出一声所有人都听得见的闷哼。阿昭病死后,小北便把这笔账记到余伯庸头上,他又如何会欢迎余伯庸归队。

李惠堂轻咳一声,对余伯庸问道:"我倒是想知道,你如何来解决球队西征欧洲的资费。"

余伯庸站起身来,他从李惠堂的语气里抓到一线希望。他端起两只马克杯放在桌子两端,说道:"这是广州,这是欧洲,从广州到欧洲最大的开销是船票,如果我们就把这段航程分成十段走,每一段安排几场比赛,客队与主队均分比赛门票。我算过了,这一路下来至少有二十场比赛,按照每场比赛出售一万张门票的保守估计,二十场比赛踢完了,咱们往返程的资费都够了。"

看到众人都不言语,小北说道:"我们自己去踢比赛,自己去收门票,不需要你来做这些事。"

余伯庸知道小北对阿昭的死耿耿于怀，这也是人之常情，对于一段不能释怀的情感，总得找一个人来分担"罪责"。他对小北友好地笑了笑，说道："你朋友得了肺结核是绝症，就算我当时给你那二十块钱，也治不好你朋友的病，所以你不要一直记恨我。没错，我不会踢球，也不能上场比赛，可是总得有人联系球队、组织比赛、安排食宿，跟各个主队谈门票分账，联系下一程的船票和比赛吧。"

余伯庸拍了拍小北肩膀，小北一把推开余伯庸。

余伯庸对着小北尴尬地笑道："我不去做这些事情，你来做吗？你会讲英语、会说法语，还是会言西班牙语？"

一时间众人无语。就在此刻，阿玉推着便当车走进会议室。余伯庸跟阿玉亲切打招呼，顺手抄起一份干炒牛河，反客为主先自顾自地吃起来。

余伯庸一边吃，一边说道："这一路走下来，我们至少能去七八个国家逛一圈，看到的、吃到的、玩到的，能让你们跟子孙、跟女人显摆一辈子。"

四

小北终于如愿成了中华足球队的一员，这里面有陈镇和的功劳，也有小北自己努力的成分。陈镇和隔三岔五便会在李惠堂面前提及小北，称他是一块璞玉，只要耐心雕琢肯定会成器。李惠堂也不对陈镇和隐瞒自己的想法，他觉得小北没有接受过正统教育，身上有一些戾气和匪气，需要系统教化才能理解这项团队运动的真谛。陈镇和继续帮着小北说话，说他可以给小北补习文化课、教他识字写字，还会教习他一些自然科学，当然更会督促他练习足球技艺。

李惠堂最终也没有点头，当然也没有摇头，只是轻叹一声："顺其自然，看他个人造化吧。"

接下来的日子，小北继续每天为足球队送餐，晚上则在球场上练球。在陈镇和的协调安排下，每个有技术特点的球员都要陪小北练两个月左右，让其充分掌握各个位置踢球的脚法、技法以及踢球的心得。这样的培训和交流对于一个有极高足球天赋的人来说，简直是莫大的滋养。全队一圈轮训下来，小北跟每个球员都建立了深厚的亦师亦友的关系。在这个过程中，小北也逐渐圆融起来，不再像以往那般意气用事钻牛角尖。

两年下来，不知不觉中，小北居然成了一名技术非常全面的球员。最绝的是江柳生也陪着小北练了两个月，他教小北如何判断足球飞行路线，如何扑球救球。而后，又让小北回归到进攻球员的身份，根据守门员的判断来选择射门角度和时机。如此一来，小北既是矛，又是盾。等到小北深入了解"盾"之后，作为"矛"的时候也变得更加犀利，大有锐不可当之势。看到小北一记势大力猛的凌空抽射，稳稳地骗过守门员江柳生，足球直挂远端死角，站在中场的陈镇和脸上露出笑意。此刻的小北距离中华足球队主力阵容，只差一个合适的比赛展示机会了。

每天晚上练完球，小北急匆匆冲个凉，便会推着便当车去一趟香蕉地，因为窝棚里还有一群饥肠辘辘的小乞丐。足球队一天吃剩下的饭菜，小北会归拢到几只食盒里，在半夜时分送到香蕉地。阿光和阿泰已经长成半大小伙子，小北托陈镇和说情，让他俩去码头的洋行做了伙计。打工的日子久了,他们的境遇也渐渐好起来,阿光和阿泰在码头附近租了房子,已经很少回香蕉地了。小北站在窝棚外面,用手拍了拍便当车的木板,一群小乞丐像是洪水灌进老鼠洞,"扑啦啦"地从窝棚里面拥出来,亲热地叫着"北哥"。望着一群狼吞虎咽的小乞丐,小北禁不住又会想起阿昭来,如果阿昭现在得了病肯定不会死,因为自己现在已经可以赚钱了,有足够能力把阿昭送去洋人的医院,把病彻底治好。不仅帮阿昭治病,他还会娶阿昭做妻子,当然还会生儿育女……

看到小乞丐们差不多吃完了,小北说道:"人不能做一辈子乞丐,你们慢慢都长大了,等到力气长成了,你们就可以出去打工了,赚体面的钱,吃体面的饭。"

小乞丐们嘴里含着吃食,忙不迭地说道:"好啊好啊!"

小北接着说:"我已经跟阿光和阿泰说好了,让他们在洋行里留心,遇到搬运小物件就让你们过去帮忙,今天赚的是小钱,明天才会赚大钱。"

从香蕉地走出来,小北内心充盈着满足感,这种感觉会让他身心愉悦。小北想,这大概就是陈先生说的"无须信仰,只需悲悯;无须回报,只需助人"。

月光洒在青石板路上，折射出零散且幽暗的光，像是竹筛子筛过月亮。

忙活了一整天，又踢了半夜球，小北两腿有些酸软。虽说身上疲乏，可小北内心却涌动着力量，因为明天香港南华俱乐部要与中华足球队打一场友谊赛。陈镇和已经说服李惠堂，在下半场会给小北一个上场机会。今晚结束练球时，陈镇和把这个消息告诉小北，并叮嘱小北上场好好表现，争取能够打进一球。小北激动得说不出话，眼睛里闪烁着光亮，他知道这场比赛是自己进入中华足球队的最佳机会。练习足球将近两年时间，他已经清楚了解到自己的超人之处，那就是奇快的启动速度。平日送午餐的时候，会遇到足球队加练体能，小北看到队员们在球场上练习折返跑仅两三个来回速度便明显降低。那天晚上练球前做热身，小北一口气跑了五个折返跑，速度丝毫没有下降。陈镇和盯着手腕上的劳力士表，禁不住惊呼起来，称小北是"leo bei"。小北问陈镇和是什么意思，陈镇和说是狮子，你就是足球场上奔跑的狮子。

小北推着便当车回到得月斋已是半夜时分，店铺早已打烊，只亮着一盏壁灯。阿玉坐在壁灯下正在凝神刺绣，听见便当车声响，阿玉赶忙起身迎出来，帮着小北把便当车推进得月斋。每天晚上，阿玉都会一边刺绣一边等小北，就算章老板催促她去睡觉，阿玉也是充耳不闻。约莫着小北该回来的时间，阿玉会往浴桶里加添一桶热水，让小北泡澡解乏。在小北泡澡的时候，阿玉会去厨房给小北煮一碗云吞面，待小北换上干爽衣服时，阿玉便会端来撒满芫荽的云吞面。从小没有被人这般精心照顾过，此刻，小北心里头觉得甜丝丝的。心里的甘甜浸润透原先的苦涩，失去阿昭之痛在小北的心里也逐渐淡去。

五

中华足球队的午餐准备妥当，小北叮嘱后厨又加了烧鹅和烤乳猪两份荤菜，因为下午有一场与香港南华俱乐部的友谊赛。这是中华足球队在奥运会前的一场热身赛。三个月后，中华足球队将启程前往德国参加第十一届柏林奥运会。便当车里塞得满满当当，小北吹着口哨推着便当车上路。行走至贤思街的文明门时，路上的行人逐渐多起来，从身着一水的黑色学生装来看，小北判断他们应该是附近的大学生。学生们挑着白底黑字的横幅，上面写着："抗日救国示威大巡行"。一路走过来，大学生们齐声高呼口号："声援北平学生运动，督促国民政府抗日！"

小北推着便当车艰难地行至云走巷附近，街上示威游行的学生越来越多，几乎拥挤到无法前行。眼看着午餐时间到了，小北心里不禁毛躁起来，推着便当车用力往前顶着人流走，一不小心撞到一位戴眼镜的女学生。女学生倒地的瞬间，一群男学生拥上前来把小北的便当车掀翻在地，虾饺、烧鹅、水晶包顿时散落一地。小北赶忙扶起便当车，车里的食物差不多损毁一半。小北不敢继续往前走，他用身体护住便当车，停在路边一棵小叶榕旁边，一直等到游行的人群全部走过去，这才推着便当车急匆匆往师范学堂赶去。待赶到足球训练基地时，队员们早已饿得饥肠辘辘。陈镇和问小北，怎么才送午餐来？小北哭丧着脸，把路上的遭遇说了一遍。

不等李惠堂发火，陈镇和赶紧圆场："下午要打比赛，不能吃太多，半饱正合适。"

小北一脸内疚地整理着陈镇和递过来的球衣，这一身蓝底白字的中华足球队队服，他做梦都想穿上。他抖开球衣，24号映入眼帘，小北心里清楚，这身蓝色球衣能否属于他，关键看他今天下午在这场比赛里的表现。对于能够上场打比赛，他的内心本就忐忑，谁知道比赛前还把队友们的午餐给耽误了。好在球队比较团结，没有人责怪小北，大家从餐桌上起身的时候，大都有意无意打着痛快响亮的饱嗝，来安慰惴惴不安的小北。

比赛在下午三点准时开赛，李惠堂部署的是攻守平衡的阵形，并且安排了所有主力队员出战。上半场没有任何意外，中华足球队二比零领先。中场休息时，李惠堂换上所有替补队员（友谊比赛没有替补队员人数的限制），唯独没有让小北上场。人员以及战术布置停当，小北望向陈镇和，陈镇和却把脸扭向一侧没有看小北。下半场比赛继续进行，小北落寞地坐在替补席上，心中五味杂陈，他眼睛瞅着球场，却丝毫没注意比分已经被香港南华队扳成二比二。陈镇和两年来潜心培养，让小北也觉得进入中华足球队志在必得。进入这支球队意味着成为人上人，意味着他跟阿玉可以像李惠堂和廖月英一样谈恋爱，要不章老板很难接受让自己的漂亮女儿嫁给一个店伙计。小北满脑子里都是与比赛毫不相干的想法。

当比赛还剩下十五分钟时间时，李惠堂终于让小北上场，司职右前锋。小北顿时有些茫然，又有一些手足无措，因为李惠堂让他重点盯防对方的10号球员，可他压根儿就没有观察10号球员的技术特点，整场比赛都在琢磨自己能不能上场、能不能进入中华足球队……

随着边裁示意，小北冲进球场。当他第一次触到球的时候，立刻感觉到热血冲上脑门，停球、虚晃、摆脱、蹚球、过人……一气呵成的连贯动作完全是在下意识中完成的。过了第一个防守球员后，便无人再能防住启动之后的小北。形成单刀赴会的小北直面守门员，就如同他与江柳生练习过多次的射门，观察好守门员的站位，小北奋起一脚大力抽射，正好骗过守门员，足球稳稳地射入球门，把比分改写成三比二。坐在替补席上的队友纷纷跳起来，为小北的精彩表现喝彩叫好。李惠堂手托下巴轻轻地点了点头，似乎对小北的表现颇为认可。

小北与场上的队友击掌拥抱庆祝进球得分。此刻，他把头转向替补席上的陈镇和，陈镇和对着他竖起大拇指。两年来，幸亏亦师亦友的陈镇和督促，小北才有机会进行足球训练。小北在脑海里复盘刚才的停球、虚晃、摆脱、蹚球、过人、射门，诚如陈镇和所言，赛场上的所有动作都是训练养成的习惯。念及此，小北对着替补席上的陈镇和深深鞠了一躬。

正式加盟中华足球队之后，小北便不再去得月斋打工了。阿玉年龄渐长，出落得眉清目秀，也不便再抛头露面一天三趟给足球队送餐。章老板本想安排得月斋的伙计跑腿，可阿玉不干，执拗地要亲自给足球队送便当。章老板当然懂得女儿的心思，女儿是为了能够天天见到小北。原先的时候，章老板不希望女儿与小北有什么结果，试想一个温饱小康家庭怎会甘心自己的女儿嫁给一个乞丐、一个店伙计。可如今不一样了，小北加盟进了中华足球队，不仅吃食无忧穿着体面，而且每个月还拿着很高的薪水，如果踢球踢出名堂来更会被万千人追捧。因此，章老板也不再坚持，既然阿玉不嫌累，就由着她一日三趟给足球队送餐，自己也正好省下一份工钱。

阿玉每次来送餐也成了足球队最热闹的时刻，队友们纷纷拿小北和阿玉开玩笑。有时候为了照顾西北人的胃口，阿玉会为小北煮一份清汤羊肉，但都会遭到队友们的哄抢。每逢这样的时候，小北也会很尴尬，叮嘱阿玉以后不要给自己吃小灶，能够吃上足球队的运动餐，他已经十分满足了。一个从小缺爱的孩子，突然间被一个女孩无微不至地呵护着，小北打心眼里觉得温暖和幸福，他时常会在梦里笑醒。每当这样的念头涌现，小北心里就会有一种深深的负疚感，觉得自己背弃了阿昭。阿昭曾经是他要娶的女人，也是这个世界上他娘死后承载他依恋的女人。从小没有受过教育是一把双刃剑，也就意味着小北脑子里没有封建礼教意识。李惠堂和陈镇和等人的爱情观对小北有着极强的引导力，男女平等等现代文明熏陶对他也有耳濡目染的作用。

周日，得月斋只需给足球队送一次晚餐，阿玉便有时间约着小北出去玩。两个人吃早茶、逛花市、听戏曲、看电影，干所有年轻人喜欢做的事情。小北喜欢上了咖啡，而阿玉则喜欢喝可口可乐。

一个周日中午，在珠江边的观澜亭里，阿玉打着可口可乐气嗝问小北："你会娶我吗？"

小北毫不迟疑地回道："会的，一定会的。"

阿玉瞬间满脸娇羞，她接着又问道："那……你什么时候娶我？"

小北寻思一会儿，说道："等打完奥运会比赛，我从德国回来，我们就举办婚礼，让李先生和陈先生做我们的证婚人。"

六

小北得球后，迅疾往前推进。在最近的两场比赛中，小北已依靠速度优势连进两球，这不仅令队友们刮目相看，也使他的自信心与日俱增，甚至连平时说话的音调都高亢了许多。这时,印尼队两名球员包夹过来,使得小北降低了速度。此刻,左边路的樊德云快速插上,并大声呼喊要球。小北瞅了一眼樊德云,但他并没有选择传球,而是摆脱掉印尼队一名防守球员继续往前蹚球。进入禁区后,小北转身护球的时候,印尼队守门员及时出击,倒地扑住小北脚下的球。守门员在扑住足球的同时,肩膀碰到小北的小腿,小北的身体失去平衡后重摔在地。裁判双手一摊,示意守门员为合理扑救。小北一骨碌爬起身来,冲着守门员脸上便是一拳,一时间双方球员混战成一团。

赛场边教练席上,李惠堂将一条毛巾狠狠摔在地上。这已经不是小北第一次贪功"吃独食"了,上一场对菲律宾的比赛中,也是小北没有把球传给机会位置更好的队友,导致菲律宾队关键时刻扳回两球,将比赛打成平局。今天的比赛,小北不仅贻误战机,而且还主动出手打架,简直是丢球又丢人。

陈镇和拣起地上的毛巾,对李惠堂说:"下一场比赛把小北放到后卫线吧。"

李惠堂一脸怒气,说道:"下一场比赛,他没有机会上场了。"

余伯庸一头热汗走过来，正好听到李惠堂骂小北，赶紧伸过脑袋来，添油加醋道："这小子越来越膨胀了，再踢进几个球去，中华队都快容不下他了。"

陈镇和白了一眼余伯庸，问道："拿到球票分账了？"

余伯庸拍了拍手里印有"中华足球队"字样的皮包，得意地笑道："当然了！印尼这边的负责人是个华侨，听说我们的情况后，他表示把球票收账全部捐给我们中华足球队。"

陈镇和说："可是，我听说印尼侨联还为中华足球队捐款，有这事儿吗？"

余伯庸脸色顿变："只是……只是有这个想法，侨联说晚上宴请咱们中华足球队呢，大家一定要玩得开心。"

在余伯庸极力怂恿下，中华足球队提前两个月便启程了，他们准备一路踢着比赛前往德国。第一站是菲律宾，中华队与菲律宾队踢成二比二平局。在菲律宾短暂休息一天后，球队继续上路奔赴印度尼西亚。

晚宴设在一处海岸边的露天餐馆，店主是一位六十多岁的华侨，其祖父下南洋后在印尼安居三代，见到中华足球队如遇至亲一般热情。侨联郝会长致完欢迎词，然后就是李惠堂代表中华足球队致答谢词。接下来的宴会，宾主热烈的气氛贯穿始终，唯有小北一个人闷闷不乐，因为比赛结束后，李惠堂便将他狠批了一通，并责令他下一场比赛停赛。

余伯庸给小北递过来一杯酒，小北没有接，他说自己不会喝酒。余伯庸说踢足球的男人都会喝酒，不喝酒的男人不是真正的男人。小北心里窝火，接过酒杯来一饮而尽。

余伯庸一边拱火，又给小北倒满一杯酒，并劝说道："年轻球员都会犯错误，但是别把错误当成包袱。"

小北又喝干一杯酒，嘟囔道："我有什么错，我想进球是为了球队赢球，我打守门员就是打敌人，还是为了球队赢球……"

坐在对面的陈镇和一直盯着小北看，此刻，他探过身来对小北小声又不失严厉地说道："足球比赛不仅仅只有赢球，赢球的同时，不输人品又不输球风才会赢得对手尊重，而且竞赛对手不是敌人。"

小北下意识地重复着:"对手不是敌人……"

陈镇和点点头:"对手不仅不是敌人,水平差的对手衬托了你,水平高的对手教诲了你,难道你要把这样的人视为敌人吗?"

小北的眼神有些迷惘,愣愣地盯着陈镇和。

陈镇和接着说道:"足球不光有对手,还有队友,还有观众,还有足球带给我们的快乐和荣耀,所以足球场上不需要戾气,需要风度,一种属于运动家属于足球绅士的风度。"

陈镇和说完这番话,便起身离开座位,剩下小北傻傻地呆坐着。余伯庸又斟满一杯酒与他对饮,小北机械地举杯回应。一来二去还没等到晚宴结束,小北便已是醉酒状态。郝会长带着几位侨联的负责人走过来敬酒时,众人全都举杯起立,只剩小北两眼呆滞木讷地瘫坐在椅子上。谭江柏悄悄拉了一把小北的胳膊,小北一甩胳膊竟然将谭江柏的酒杯打落在地。

谭江柏小声说道:"郝会长来敬酒了。"

小北依旧坐在椅子里,嘴里含混不清地嚷嚷道:"我管他好会长坏会长……"

就在场面尴尬之时，余伯庸端着酒杯走到郝会长面前，用英语向大家大声解释，说小北身体有些不适，然后带头举杯喝酒，算是遮掩些许。

平日里，李惠堂对足球队要求不算太严格，本来球员整体素质就高，且大都受过良好的教育，不是读过旧私塾就是上过洋式新学，陈镇和等人还有过留洋求学的经历。以往，在这种应酬性的宴会上，大部分球员都是象征性喝一点酒，绝不会有人醉酒，更不会有人闹事。此刻看到小北醉酒后的丑态，李惠堂禁不住摇头。廖月英走过去，发现小北已经语无伦次。陈镇和给两位球员使个眼色，他们赶忙架起小北送回下榻的旅馆。对于小北加入球队，李惠堂一直心存顾虑，他总觉得小北身上有一股难以教化的野蛮气息。如果不是陈镇和一再玉成说合，李惠堂压根儿不会同意小北加入，虽然他有速度上的天赋与优势，但是足球毕竟是一个集体项目。

陈镇和对李惠堂说："我赞成对小北禁赛一场。"

李惠堂冷冷地说道："我要禁止他参加后面所有比赛。"

闻听此言，陈镇和吃了一惊，因为比赛有助于年轻球员的成长，如果禁止小北此行的所有比赛，那将是小北的巨大损失，甚至有可能断送他的足球生涯。

陈镇和尚未找到合适的理由为小北说情，余伯庸凑了过来。此次能够促成柏林之行，幸亏余伯庸毛遂自荐，若是换了别人，万万不可能有如此厚的脸皮。余伯庸不仅带来解决问题的思路，还事无巨细亲力亲为。每到一处，余伯庸便与当地体育官员进行沟通，达成友谊赛比赛诸项事宜。包括球队下一站的行程时间表，以及一路上的吃喝拉撒睡，倒也是辛苦至极。因此，李惠堂对余伯庸的态度较以往有所缓和。

余伯庸举起酒杯，与李惠堂和陈镇和碰杯，问道："小北的事儿，怎么处置？"

李惠堂说："留在球队也是浪费盘缠，你给他买张船票，送他回国吧。"

余伯庸喝掉杯中酒，笑道："他一句英语不会讲，不走丢了才怪呢，这样吧，还是把他留下来打杂，正好替我保管钱箱子。"

李惠堂瞅了一眼陈镇和，陈镇和赶紧点了点头，表示同意。

七

距离奥运会比赛时间只剩下半个月，李惠堂禁不住焦虑起来，因为中华足球队的行程才到印度。为了筹措前往德国柏林参加奥运会的费用，他们不得不提前两个月出发，一边踢比赛一边赶路。如今，经费问题倒是解决了，可是出发一个多月还没有走出亚洲。而且，在印度还有两场比赛的预约，余伯庸已经签了合同。李惠堂问余伯庸，可否取消这两场比赛？余伯庸摇头说不行，还说不能让外国人觉得中国人没有契约精神。李惠堂皱起眉头，说经费已经差不多够了，为什么还要预约这两场比赛？余伯庸称这两支印度足球队水平不高，他想让中华足球队带着两场大胜进入奥运会的比赛，以树立心理优势。余伯庸还解释说，他已经计算好行程，从印度乘船到意大利需要九天时间，从意大利乘坐火车到柏林只要两天，时间非常充足。

自从印尼之后，李惠堂果然不再安排小北上场比赛，只让他负责足球队的杂务，并且帮助余伯庸拎着皮箱。这是一只西洋式牛皮箱，箱子上有一把黄铜小锁，钥匙由余伯庸掌管。牛皮箱里面装着美元、法币、英镑、瑞士法郎、德国马克等各种钱币，全部都是此前二十五场比赛的门票分账。在这一个多月的拉练比赛中，中华足球队取得二十二场胜利和三场平局，没有输掉一场比赛。每一场比赛结束，余伯庸会与主队对账，然后拿到事先约定的分账比例。李惠堂和陈镇和等人忙于足球队的管理和比赛，无暇顾及琐碎之事，有关外联和门票分账事宜全部由余伯庸一人处置。因此，一路上赚了多少钱，只有余伯庸一个人知道。李惠堂曾经警告过余伯庸，让他把进出的每一笔账记清楚，等到足球队回国后，他要看账面，还要向上级主管部门呈送书面报告。余伯庸把分账来的货币全部放进牛皮箱子由小北负责看管，余伯庸告诫过小北，说箱子里的钱是整支足球队的身家性命，白天黑夜都不得离开箱子半步。如此一来，即便是在比赛时，小北也要拎着牛皮箱去赛场。

自广州启程以来，小北在赛场上表现越来越抢眼，加上他性情朴实耿直，在足球队里的地位逐渐提高。可是，在印尼的两场比赛中，因为他急于为球队扩大比分，却犯下了集体比赛项目的大忌：贪功。加上他在球场上打架，还在印尼侨联组织的庆功酒会上醉酒出丑，被李惠堂直接打入"冷宫"，就差开除出中华足球队。从巅峰跌入谷底，这已经是小北经历的第二回，两年前从马尼拉回到广州，小北也遭遇到这样的落差。虽说这是第二次从巅峰跌落谷底，小北感觉要比第一次难受得多，因为陈镇和也不再像以往那样处处呵护维护他了。在小北的人生中，陈镇和是他的精神依赖与寄托，如同他生命暗夜里燃起的一丛篝火，带来了光明和温暖。从印尼到印度十多天时间里，陈镇和和李惠堂几乎没再跟小北说过话。无论热带阳光如何炙烤身体，小北的内心世界却开始变得冰凉阴冷起来。

在印度的最后一场比赛安排在国家体育场，据说有一万六千多人购票。可是，在比赛前一天，印度负责组织比赛的主管携带全部门票钱潜逃。分账也一分钱没有拿到，余伯庸气急败坏。他赶回球队驻地时，李惠堂正在召开赛前准备会布置战术，依旧没有让小北上场比赛。

余伯庸满头大汗闯进来，对李惠堂说："不用开会了，收拾行李，明天登船。"

谭江柏问道："怎么回事？"

余伯庸气呼呼地说："组织方携款跑了，一分钱都没有拿到，我已经去警察局报案了，但是追回分账款希望渺茫。"

陈镇和问道："卖出去多少张门票？"

余伯庸说："一万七千四百多张门票，都打水漂了。"

这个糟糕的消息的确让人沮丧，所有队员全都默不作声。

见众人不语，余伯庸说道："我去船务公司改签一下船票，估计要交不少手续费……"

李惠堂突然站起来，说道："船票不要改签，我们继续完成比赛。"

李惠堂转头对余伯庸说道："拿不到钱的时候，你就不担心中国人没有契约精神了？"

陈镇和冲着李惠堂点点头，对他的决定表示赞许。

余伯庸问道："为什么？就算是踢完比赛，我们也拿不到一分钱。"

李惠堂转过身，冲着全体队员说道："球迷们买票了，这个损失不能让球迷承担，他们把钱花在足球上，所以，这个损失就由我们足球人来承担。"

待李惠堂说完，陈镇和补充道："我们不是为了钱才踢球的，大家去做赛前准备吧。"

像以往的所有比赛一样，李惠堂尽遣主力球员上场，以四比一的比分完成半场高质量比赛。当观众得知印度组织方主管携款潜逃、中华足球队没有拿到一分出场费时，在上半场比赛结束后，看台上将近两万名球迷全体起立鼓掌。

按照友谊赛惯例，双方球队在下半场换上替补球员演练战术。虽然小北没有得到上场机会，但每场比赛他仍旧像以前一样换上全套比赛装备。其他球员全都坐在替补席上，小北则坐在装满钞票的牛皮箱子上，偶尔也会站起身来活动一下颈、腰、膝等关节，做好随时上场比赛的准备。队友们理解小北的心情，担心他尴尬，尽量不去接触小北的目光。

只有余伯庸毫无顾忌，只要看到小北的屁股离开牛皮箱,就会扯着嗓门叫骂:"你没有上场资格,做准备活动准备撞南墙啊,这箱子要是有个闪失,老子就把你剁碎扔进印度洋喂鱼去!"

小北只好忍气吞声,重又坐回到牛皮箱子上。

若是在一个月以前,余伯庸刚刚被球队重新接纳、而小北则在中华足球队如日中天,就算是借给余伯庸一百个胆子,他也不敢当众叫骂小北。彼一时,此一时,个体在球队中的地位就看你能否上场比赛,就看你是不是赛场上不可或缺的主力球员。在这一点上,小北算是有了极为深刻的认识,他在内心里暗自发狠:我一定要成为中华足球队的主力球星!

八

从印度孟买港起航,英曼航运公司的Elise号邮轮借着东南信风,一路顺风顺水向西进入阿拉伯海。印度洋洋流一贯平稳,加上邮轮船体较大,乘客几乎感觉不到轮船的行进。夏季7月,南印度洋上的东南信风吹向大陆,风力绵长且温和。如果没有极端的台风天气，印度洋可以平静地度过整个夏季。

然而世事无常，一个突然形成的台风云团竟然激怒了一向温和的东南信风，这两股不期而遇的气流，最终把夏季安静的印度洋搅得天翻地覆。就是这样一个百年不遇的极端天气，偏偏让Elise号邮轮遭遇了。当船长收到台风预告的电报时，Elise号邮轮已经驶入台风圈，任何航向都不可能规避这场天降风暴。涌浪一股接着一股从侧前方涌过来，肉眼可见的海浪一波高过一波。最终，一个几乎遮住驾驶舱视线的巨浪涌过来，拉开了这场印度洋浩劫的序幕。巨大的邮轮被黑色泛着白花的海浪高高托起，随后又被送入波浪的谷底。Elise号邮轮上的人们，都在心里向自己信仰的神灵默默祈祷，保佑Elise号能够平安度过此劫。

为了节省经费，中华足球队购买的是五等舱船票，位置处于邮轮的最底层。在颠簸的风浪里，五等舱竟成了邮轮上最平稳的位置。即便如此，船舱里也没有人敢站立起来，全都蜷缩在大通铺上，摆出一副听天由命的姿态。Elise号邮轮由浪谷攀上浪尖时，五等舱的乘客居然透过舷窗看到了铅灰色的天空。起航三天以来，五等舱的游客们从未在舷窗里见过天空，五等舱的舷窗在吃水线以下，人们只能瞅见乌黑的海水。习惯了黑暗的人们，此时看到天空只会觉得惊恐。待到船身由浪尖跌入浪谷时，随着突如其来的失重感，除了女人的惊呼尖叫声，便是游客们的呕吐声。食物腐烂的气味儿充斥着整个五等舱，却没有人抱怨，抑或是乘客们压根儿就没有闻到。

江柳生双手扒着床板，心里默数着深呼吸次数，努力地控制着五脏六腑保持原位。他身旁左侧一位印度汉子没有憋住，一线污秽之物从嘴中激射出来，正好喷了江柳生一脸。

江柳生无法再平静地深呼吸了，懊恼地嘟囔道："咖喱味儿真浓啊……"

江柳生一语未毕，躺在他右侧的樊德云"哇"的一声跟着吐了出来。

樊德云缓上一口气来，对江柳生说："他吐得再凶，也不如你品评的这一句恶心，呕……呕……"

足球队只买了两间二等舱船票，一间住着李惠堂和廖月英，一间住着余伯庸和小北。余伯庸和小北之所以能够住进二等舱，主要是考虑到二人随身携带巨款，住在五等舱里不安全。一二三等舱都在船甲板以上，风平浪静的时候，可以看海景，可以晒太阳，倒也惬意。可在遇到大风浪的时候，越是往上的船舱，摇晃摆动的幅度也就越大。余伯庸瘫坐在地上，双手抱住马桶，没有出过洗手间的门，他已经快把苦胆呕吐出来了。进不了洗手间，小北只能吐在地上。随着船体摆动，牛皮箱子从小北的床底滑到余伯庸的床底，再从余伯庸的床底滑到小北的床底。小北已经顾不上牛皮箱子，甚至都不敢看来回滑动的牛皮箱子，瞅一眼便会呕吐不止。又一个巨浪掀过来，余伯庸的挎包从床上跌落到地上，一堆花花绿绿的钞票散落出来，盖住小北吐出来的污秽之物。

这样的煎熬不知道过了多久，海浪似乎已经疲乏了，可眩晕和呕吐已经耗光所有人的体力，小北趴在床上睡着了，余伯庸也伏在马桶上昏睡过去。

待人们苏醒过来时，已经是第二天早晨。刺眼的阳光普照着海面，大海像一面平整的镜子，完全抹去昨日狂躁残暴的痕迹。恍惚间，乘客们似乎有一种死里逃生的感受，大家全都聚拢到甲板上，相顾却无言。

谭江柏指着远处，说道："看见陆地了。"

陈镇和说："那是曼德海峡，马上就要进入红海了，曼德海峡非常狭窄，轮船会在这里减速通过。"

果然，Elise号邮轮的航速渐缓下来，乘客们已经看得见周边的小渔船。一脸憔悴面容的廖月英走过来，把早餐券分发给大家，说是李队长让大家赶紧去餐厅吃早餐，尽快恢复体力。为了保障球员们的营养状况，足球队一日三餐都订在邮轮上的高档餐厅，这个餐厅里的客人大都来自一二等舱的乘客。队员们昨天早就把胃里的东西吐得干干净净，此刻已是饥肠辘辘，小北拎着牛皮箱子跟随队员们走进餐厅。早餐是自助餐，以西餐和印度餐为主，李惠堂让队员们多喝牛奶、多吃鸡蛋，有助于体能康复。小北一手拎着牛皮箱子，一手端着托盘，在餐厅里比较惹眼，他是在严格执行余伯庸的条令：人在哪里，箱子在哪里。小北心里也明白，整支足球队的开销全都在牛皮箱子里，责任重大，不能有半点儿疏忽。虽然不能上场踢比赛，李惠堂和陈镇和也不待见他,可他却掌管着球队的经济命脉。如此一想,小北的心里便有了些许宽慰。

大概是人人都处在饥饿中,足球队的早餐吃了将近一个小时。此刻,餐厅的钢门突然被推开,一下子拥进来六七个黑人。闯进餐厅的黑人,手里全都举着长长的尖刀,其中两个黑人还端着手枪,嘴里大声叫嚷着,示意乘客们举起双手来。

廖月英有些紧张,一把抓住李惠堂的胳膊,轻声问道:"这些是什么人?"

陈镇和轻声说道:"这是遇上海盗了。"

说罢,陈镇和给坐在餐桌一端的小北使了一个眼色。小北会意,伸腿把脚下的牛皮箱子推送进餐桌底下。

九

海盗们控制住餐厅里的骚乱后,开始抢夺就餐人随身携带的包裹。原来,这些海盗打劫经验老到,他们了解邮轮上的人群特征:凡是在高档餐厅进餐的都是有钱人,有钱人在邮轮上会随身携带贵重物品，包括去餐厅用餐。女士们的坤包里无非是珠宝首饰，男士的皮包里则是现金或金币金条。海盗们把搜刮到的金银财宝，全部装进一条布袋里，拎着布口袋的黑人身材矮小，看上去像个未成年的孩子。打劫到餐厅半数人头时，布袋子便鼓胀起来。就在此刻，餐厅中部传来一阵骚乱，一位中年白人男性怀里的皮包被海盗夺走，中年白人一拳挥出击倒了那个抢夺自己皮包的海盗。紧接着，"砰"的一声枪响，中年白人随即倒地，腹部涌出来的鲜血染红了他的白色衬衣。一位衣着华丽的金发女子惊呼一声，扑倒在中年白人身上，不停地喊着："杰克、杰克……"

　　受伤倒地的杰克是位大有来头的人物，他在四个月前刚刚当选英曼公司董事会主席，而这艘豪华的Elise号邮轮便是英曼公司的，杰克身上的金发女子则是他的妻子艾米丽。此刻，艾米丽抱着杰克使劲地呼唤着，直到杰克睁开眼睛。

　　餐厅里的气氛越发紧张起来，余伯庸、李惠堂和陈镇和等人不自觉地把目光偷瞄向小北，因为窄小的餐桌掩藏不住牛皮箱子，被海盗们发现是迟早的事儿。在枪声响起的同时，还发生了另一件事：其中一名持枪海盗的手枪卡壳了。此刻，手枪卡壳的海盗正在反复拉动套筒，想把卡壳的子弹退出弹膛，却不得要领。原来，中年白人挥拳击中海盗时，两名持枪海盗同时开枪了，但是其中一只手枪卡壳。另一名持枪海盗把手枪塞进腰里，走过去帮助手枪卡壳的海盗检查手枪。小北觉得这是唯一一个逃离的机会，他迅速弯腰拎起牛皮箱子，快速冲向餐厅门口。海盗们已经看出小北的企图，也相中他手里的大牛皮箱子。两个鼓捣手枪的海盗，一人拔枪，一人冲向小北。经过两年多足球专业训练，小北的身手比以前更加矫健有力，他双手抓住牛皮箱子砸向迎面而来的海盗。被砸中的海盗身材瘦小，瞬间被牛皮箱子砸倒在地。此刻小北已经冲到餐厅门口，而另一名持枪海盗已经将枪口瞄向小北。就在枪声响起的同时，小北把牛皮箱子反转挡在后背，在子弹的冲击力之下，小北连同牛皮箱子飞向餐厅门外。

开枪的海盗嚷嚷了一句，脸上露出得意神情，他不紧不慢地走向餐厅门口。廖月英和足球队队员禁不住惊呼一声，陈镇和难过地闭上眼睛。突然，那个开枪的海盗在餐厅外大声叫嚷起来，似乎是在召唤同伴，其他海盗纷纷奔出餐厅。

金发女子抱着杰克还在哭泣、呼喊，餐厅里的其他乘客大气都不敢出一声，只有中华足球队的球员们牵挂着小北，跟着海盗们挤出餐厅。这时，球员们才发现小北根本不在甲板上，小北和他的牛皮箱子全都不见了踪影。突然，一个海盗手指着上方大声叫喊起来，众人抬头，看见小北拎着牛皮箱子已经冲上一等舱的甲板。海盗们呼喊一声，一起跑向舷梯去追赶小北。甲板上，球员们禁不住发出喝彩声，由衷地感叹小北的速度。

陈镇和冲着一等舱的小北喊道："海盗们上去了！"

小北点点头，拎着牛皮箱子向邮轮后方跑去，因为每一层甲板上都有四个楼梯口。不一会儿，小北从一等舱的另一侧冲出来，他的身后跟着七八名海盗。小北和海盗们在一等舱甲板上跑了一圈，持枪海盗对着小北开了两枪，全都打在舷梯上。海盗们随后分成两拨，分头去围追堵截小北。

陈镇和对球员们道:"我们散开,在下面帮着小北看着海盗们的位置。"

队员们点头称是,跑向三等舱船甲板的前后左右位置,指挥着小北跑动。就这样,小北在队友的提前预警下,拎着牛皮箱子在一、二、三等舱的甲板上上蹿下跳,海盗们始终追不上他。

这场亚丁湾海盗史上绝无仅有的追逐闹剧大概持续了一个小时,因为海盗们的抢劫速度从来不超过十分钟。尤其是英国人接管了苏伊士运河之后,把亚丁湾和红海全都列入警戒范围,海盗们更加不会恋战。Elise号邮轮的船长詹姆斯,早已向苏伊士运河的英国海军发出求救电报,还命令船员每隔十分钟发射一次信号弹。早有船员来汇报了,说是海盗们正在追一个中国人,那个中国人拎着一只装满奇珍异宝的牛皮箱子,所有海盗都追不上他。船员的话音刚落,只见一道黑影掠过驾驶舱的玻璃窗。

船员指着那道黑影,对着船长惊呼道:"看见了吗?看见了吗?就是他!"

一切布置停当之后,船长詹姆斯忍不住好奇心,他走出驾驶舱，下到三等舱的船甲板上，想看看究竟是什么人敢跟海盗对峙这么长时间。原来，亚丁湾的海盗们向来速战速决，只要上了船抢到金银财宝就撤退，压根儿就不费周折去控制船长和驾驶舱。可海盗们没想到会碰上小北这号人物，奔跑能力堪比非洲草原上的羚羊，不仅速度快，还不知道疲倦。

此时，几乎所有乘客都站到了三等舱的船甲板上，众人仰起头看着小北在三层船舱中上下翻飞，轻松戏耍着这群海盗。乘客们用各自的语言为小北预警，说来也是奇怪，连英语都听不懂的小北，似乎能够听懂所有示警，躲避海盗的围追堵截更加得心应手。

此刻，大部分海盗已经累得气喘吁吁，甚至产生了放弃追逐小北的念头。但是眼睁睁看着那么大一只牛皮箱子，拎着箱子的人又在拼命奔跑躲藏，想必箱子里面装着这个世界上最值钱的珍宝。想到这一层，海盗们又如何肯轻言放弃，于是邮轮上的追逐戏码还在继续上演。

突然，甲板上的乘客们发出一阵高声惊呼，竟是两拨海盗即将把小北堵在一等舱的前端甲板。小北已经无路可去，只见他把上半身探出船舷，将牛皮箱子掷到二等舱的甲板上。随后，小北用手扒着一等舱的船舷，身体翻出船舷外，轻轻一荡便跳进二等舱的甲板上。在小北的头顶正上方，一等舱的甲板上，两拨海盗正好扑空。三等舱甲板上传来一阵热烈的掌声，乘客们发出阵阵赞叹。

詹姆斯船长走到陈镇和背后，眼睛盯着小北轻声问道："那头羚羊是中国人？"

陈镇和头也不回，说道："他不是羚羊，他是中华足球队的右前锋。"

就在此刻，远处传来一声鸣笛，吸引了乘客们的视线。

詹姆斯船长脸上泛出笑容："我们的军舰来了。"

果然，远处有一艘悬挂着英国国旗的军舰正在急速驶来。站在一等舱甲板上的海盗也发现了英国军舰，他们打了一声呼哨，纷纷跑下舷梯。

陈镇和拍了一下谭江柏的肩膀，说道："咱们埋伏在舷梯下面，把他们抢走的东西夺回来。"

谭江柏、江柳生和樊德云点头赞成，大男人们脸上显现出少年男孩即将恶作剧的神采，分头跑向三等舱的舷梯。

海盗们连蹿带蹦地下到三等舱甲板，接着奔向船后方悬挂悬梯的地方。陈镇和示意放过前面的海盗，待到拎着布口袋的海盗下来时，众人一拥而上将其扑倒在地。其他海盗只顾着各自逃跑根本无暇顾及同伙，他们沿着悬梯迅速滑落到小艇上。海盗们甚至都没有时间清点一下人数，便解开缆绳驾船逃开。

陈镇和举起拳头准备落下时，才发现被他们捉住的海盗真的是一个少年，他稚嫩的眼神里闪烁着惊恐。陈镇和收起拳头，抓过黑人少年手里的布口袋，并示意队友们起身。就在队员们起身的同时，那个黑人少年迅速爬起来奔向船舷，双手扶着船舷跃起身来跳入大海。众人奔到船舷边上，看见刚刚跳海的黑人少年冲着同伴挥手呼喊，可海盗们的小艇已经驶远。

这时，李惠堂走到船舷边上，伸手去摘一个救生圈，却被满身血污的艾米丽制止了。

艾米丽对李惠堂说："他们差一点儿杀死我的丈夫，不要救他！"

李惠堂瞅一眼在海浪里挣扎的黑人少年，用英语说道：

"他还是个孩子。"

艾米丽气愤地说："等他长大了，就会变成更残忍的恶魔。"

众人将目光看向詹姆斯，大概是都觉得这件事情应该由船长来裁夺。

詹姆斯船长转向艾米丽，看到她眼神里面的决绝，他是无论如何都不可能为了一个海盗违背老板娘的意愿。

詹姆斯船长回过头来，对着众人耸了耸肩，说道："淹死，也许是一个海盗最好的归宿，我们权当这是上帝的旨意吧。"

陈镇和把手里的布口袋交给詹姆斯船长，船长接过布口袋不住地称谢，陈镇和却转身奔进船舱。此刻，小北拎着牛皮箱子下到三等舱的甲板，甲板上的队友和乘客们一起为他鼓掌。

余伯庸走上前去一把抱住小北，眼里含着热泪说："你前世肯定是只猴子。"

不待小北说话，陈镇和抱着一只足球冲出船舱，随后把足球一脚踢向大海。足球落下时，正好落在黑人少年的面前。黑人少年赶紧抱住足球,他抬起头望向邮轮,船舷边上挤满了人头,他已经无法判定是谁给他的足球,只好一手抱着足球,一手奋力划水游向远方。

十

因为在海上遇到台风和海盗,Elise号邮轮比预定时间晚一天到目的地。当中华足球队在意大利那不勒斯港下船时,距离柏林奥运会首场足球比赛只剩下三天时间,而从那不勒斯抵达柏林坐火车则需要两天时间。中华足球队一行不敢耽误,没有在那不勒斯住宿,而是从港口直奔那不勒斯中央火车站。

抵达火车站已是傍晚时分,球队在火车站门口集合,等候余伯庸和小北去购买前往柏林的车票。小北继续帮余伯庸拎着牛皮箱子,与以往唯一不同的是牛皮箱子上多了一个枪眼,这是抢劫Elise号邮轮的海盗留下的。好在箱子里装满纸钞,子弹被三沓纸币阻挡住了。余伯庸举着三沓带着弹孔的纸币对小北意味深长地说,救命钱救命钱,这钱在生死时刻还真能救命。

在与海盗的那场较量中，幸亏小北的勇敢和奔跑天赋，为中华足球队保住了参加柏林奥运会的全部经费。大家都认为李惠堂会重新接纳小北归队，因为小北是整支足球队的功臣。可李惠堂依旧没有松口，也没有对这件事情多加评判。所以，小北还在继续帮着余伯庸拎牛皮箱子。虽说李惠堂的态度没有改变，小北却有了变化，他不再像禁赛初期时那般情绪低落，而是愿意主动与人交流。小北不仅主动与队友沟通交谈，有事的时候也会找李惠堂和陈镇和说话，就算有时被冷落，他也不再像以往那般懊恼。

在那不勒斯中央火车站售票窗口，余伯庸询问最近一趟抵达罗马的火车是几点。因为那不勒斯没有直接到柏林的火车，必须在罗马转车。余伯庸让小北放下箱子，他掏出钥匙开锁取钱。余伯庸估摸着从箱子里抽出一沓纸币，递进售票窗口。

余伯庸给自己点上一根香烟，对着小北没话找话，说道："你拼了命保住这么一大笔钱，却还在给我拎箱子，心里是不是有点儿不服气？"

小北笑了笑，反问道："谁有能力保住这么大一笔钱？"

余伯庸没有明白小北的言外之意，愣了愣神。

小北接着说道："所以，只能是我来保管这只箱子。"

余伯庸笑着对小北说道："你小子行啊，现在变得没脸没皮的，不像先前那般使性子了，挺好！"

小北狡黠地笑了笑："其实，就算牛皮箱子被海盗抢走了也没关系，你挎包里的钞票也够足球队开销了。"

余伯庸拍了小北后脑勺一把，神情严肃地说："你小子不是已经答应我不再提这事儿吗，我说分给你钱，你不要，你到底想怎么样？"

小北望着远处一座教堂的尖顶，悠悠地说："我是一个地地道道的小乡巴佬，见识少，也没有局格……"

余伯庸对着小北脸上喷了一口烟雾，说道："不是局格，是格局。"

小北脸色微微一红："我欠缺的不光是格局，还有文化，所以说这一路上让我学到不少东西，团队精神、技战术配合、待人接物、文明礼节、约契精神……"

余伯庸纠正道："契约精神。"

小北连连点头:"是是是,契约精神,像你黑下那么多钱,就属于没有契约精神……"

火车包厢票价格昂贵,余伯庸犹豫再三,只给李惠堂和廖月英买了两张包厢票,剩下的其余车票全都是硬板座位。好在一路上的异域风光与中国迥然不同,吸引了球员们不少注意力。终年积雪不化的阿尔卑斯山、烟波浩渺的博登湖、尖顶的教堂,让小北和球员们大开眼界。

望着秀美的阿尔卑斯山,陈镇和感叹道:"上帝真是厚爱欧洲。"

小北问陈镇和:"为什么这么说?"

陈镇和指着远处的阿尔卑斯山,说道:"这座大山一千多公里长,三百公里宽,地理位置正好处于欧洲中部,它孕育出多瑙河、莱茵河、罗纳河、波河,几乎流经浇灌了欧洲所有国家,就像是上帝刻意这么设计的。"

火车到达柏林时已经是深夜时分,第二天便是第十一届奥运会开幕式。中华体育协会的范部长和中华民国驻德国公使刘文岛，带着一干德籍华裔前来火车站迎接中华足球队。看到一脸疲惫之态的球员们，范部长和刘公使上前亲切地与大家握手慰问。中华足球队前来柏林的路上，在二十七场比赛中胜出二十四场、平局三场的消息早已见诸报端。世人都以为中华足球队是在进行大赛前的拉练比赛，但是如此频繁的比赛势必会造成极大的体能消耗，这一点也让其他各国足球队难以理解。

寒暄完毕，范部长让大家抓紧时间去酒店用晚餐，今天晚上好好休息养足精神参加明天的奥运会开幕式。

李惠堂问道："我们足球队参加入场式的西装带来了吗？"

范部长稍微愣怔一下，他的秘书小刘一脸尴尬地对李惠堂说："太抱歉了，我以为经费不够，你们到不了德国，所以……所以没有给你们准备入场的西装。"

范部长恨恨地跺了跺脚，看样子就差给刘秘书脸上揍一拳。

陈镇和有些气愤，冲着刘秘书问道："大老远来都来了，就差我们几个人一身西装？"

刘秘书怯怯地回道："本来经费就不够用，我想能省一分是一分，所以就……"

奥运会的开幕式入场，被所有运动员视为最具神圣性的仪式，又有哪个参赛运动员肯错过奥运会入场式呢。此刻听到刘秘书一番话，足球队队员们十分懊恼。这时候，刘公使手拉着一位戴眼镜的中年男人走过来，说眼镜男是柏林一家著名西装店的老板，华人都管他叫栾裁缝。刘公使已经跟栾裁缝沟通过了，现场的华人都愿意动手帮忙，连夜赶制出二十四套西装问题不大。

陈镇和问道："平时做一身西装，至少需要半个月时间，栾先生要在一夜之间做出二十四套西装，这怎么可能呢？"

栾裁缝一脸严肃地回道："办法总比困难多，我刚才已经打电话通知所有的裁缝师，让他们通宵加班。如果在晚上十点以前量身、下料，明天开幕式之前应该可以赶制出来。"

栾裁缝用手指了指身后的华裔人群，接着说道："这里就来了五个裁缝师，还有愿意无偿帮忙的华侨，他们来完成扦边、缝扣、熨烫。"

栾裁缝接着对刘公使的秘书小庹说："现在是夏季，做白色西装的人比较多，店里的白色布料足够，你赶紧给我送一套入场服的样品到店里,要快。"

球员们看到栾裁缝的条理如此清晰,都相信他能在开幕式之前赶制出二十四套入场西装。

直到落实完中华足球队的入场服,范部长这才转忧为喜,他赶忙把李惠堂拉到一边,问道:"钱呢?还剩下多少?"

李惠堂把余伯庸叫过来,问道:"除去我们足球队回程的费用,还剩下多少钱?"

余伯庸看一眼李惠堂,又瞅一眼范部长,迟疑道:"这……说不准,我得回去算算。"

李惠堂一脸正色道:"以我对你的了解,你应该早就把账算清楚了,才能知道落进自己腰包多少。"

余伯庸肥胖的脸上一阵泛红,嗫嚅道:"大概……大概还能剩五六万块钱。"

李惠堂对余伯庸说:"取六万给范部长。"

余伯庸一脸诧异:"为什么?"

李惠堂叹一口气:"政府给咱们奥运会代表团批的费用,只够来德国的路费。"

余伯庸一脸怨气地嘟囔道:"政府就是不想要我们了,我们还回个屁。"

十一

1936年8月1日,柏林第十一届奥林匹克运动会迎来开幕式。49个参赛国家和地区的3963名运动员,将在16天时间里参加19个大项129个单项的比赛角逐。这是第一次恢复古代奥运会旧制的现代奥运会,更是第一次在奥林匹亚取得火种,并以接力传递方式把火炬传到主办国。

柏林奥运会主会场外人头攒动,来自世界各地将近四千位运动员正在排队等候入场。等候区刚刚搭建起来的大屏电视机是个稀罕物件,吸引了很多人围观。柏林奥运会也是世界上首次利用电视向全世界转播奥运会,柏林的主要广场树立起许多大屏幕电视机,供人们观看奥运比赛的盛况。瞅着能够播放影像的电视机,小北张大的嘴巴半天合不拢,直到口水滴到自己的24号球衣上。

上午接近十点钟,主会场外的街道上只留下一条缝,最后一位接力传递的火炬手弗里茨·希尔根手擎火炬，从人缝中跑进奥运主会场。弗里茨·希尔根是德国运动员，也是1931年一千五百米赛跑的世界冠军，所以才能够享此殊荣。在万众瞩目下，弗里茨·希尔根点燃了主火炬塔，主会场里传来如潮水一般的掌声。

弗里茨·希尔根跑过中国奥运会代表团时，中华足球队的队员们还身着比赛时穿的短衣短裤，他们正在焦急中等待着栾裁缝的入场服。当主会场全体人员为奥运会主火炬点燃鼓掌之时，刘秘书和同事扛着两大捆入场服奔过来，在主会场外等候区里找到中国奥运代表团。足球队员们扒拉着找到绣着自己名字的西装，顷刻间便穿戴整齐。小北最为兴奋，因为这是他第一次穿西装，领带还是陈镇和帮他系上的。昨晚量体裁衣的时候，小北拎着牛皮箱子站在人群外围，他本以为自己连比赛都被禁止了，就不指望还能穿上西装参加奥运会开幕式了。想到这些，小北略感沮丧。

就在这时，人群里的李惠堂冲着小北招了招手，喊道："傻孩儿呀，赶紧过来量身。"

足球比赛在奥运会开幕式第二天进行，中华足球队在奥运会上遇到的第一个对手便是世界顶级强队英国队。奥运会的足球比赛第一阶段采取淘汰制，输掉一场比赛便不再有机会，淘汰赛即是生死赛。赛前准备会上，众人都感叹抽签运气太差，偏偏遭遇到英国队。李惠堂制止了大家抱怨，他先是批评锦标主义的参赛思维，因为奥运会比赛的意义不仅仅是赢得金牌，而是重在参与和提高。接着，李惠堂阐述了亚洲足球和欧洲足球的差距，他同时又强调足球比赛的偶然因素很多，让球员们不要悲观，要拿出亚洲一流强队的实力让世界见识一下中华足球队的风采。一番慷慨激励之后，队员们倒也豪气倍增，纷纷表态要打出自己的真实水平，绝不给中国足球抹黑。

小北悄声问身边的余伯庸："什么是锦标主义？"

余伯庸小声回道："就是总想赢。"

小北不解："想赢不对吗？踢球不就是要赢球吗？"

余伯庸道："等你赢球赢到老李那个分儿上，才能悟出其中的道理。"

让人意外的是，李惠堂在布置首发阵容时，居然安排一直被禁赛的小北出任右后卫。小北更是吃惊，他以为自己的遭遇会像两年前的马尼拉一样，回到广州就会被球队开除。回想起菲律宾之旅，那是他第一次接触足球，而且很快地爱上足球，并爱上这些踢足球的人。小北做梦都想加入中华足球队，成为这支球队中的一员，他想成为如陈镇和一样的人，让人仰慕，让人亲近，更让人尊敬。

赛前准备会结束后，陈镇和把小北叫到一边，叮嘱他要珍惜上场比赛的机会，一定要认真执行总体战术安排，切记不要兴奋过头忘乎所以。在小北心里，陈镇和是最重要的人，像大哥像师父也像父亲。其实就算是陈镇和不叮嘱这些话，小北也早有定数：心里时刻装着整支球队。

陈镇和拍了拍小北肩头，笑道："脸色不要这么凝重，记住，足球是快乐的，用心用身体去享受比赛。"

随着瑞典主裁判一声哨响，中华足球队对英国队的比赛开始了。英国队悠闲地倒脚，利用短传渗透很快把球推进至中华足球队禁区前沿。英国队的中场核心球员乔埃，看准中华足球队右边路出现防守空当，迅速一脚吊传把球分给快速插上的霍姆斯。霍姆斯停球后，利用节奏摆脱谭江柏的盯防，旋即飞起一脚准备射门。就在此刻，一道蓝色身影飞奔而至，倒地后将霍姆斯脚下的足球铲掉，并且没有跟霍姆斯发生丝毫身体接触。就在霍姆斯惊诧之时，那道蓝色身影旋即起身，追赶上铲断的足球，疾速往前盘带，瞬间过了中场。这道让全场观众一时间屏住呼吸的蓝色身影，正是中华足球队的小北。小北一边往前疾速带球，一边观察前场双方球员位置，李惠堂被两名英国球员前后贴防，但是小北看到李惠堂举起的右手，小北心领神会把球吊向李惠堂的前方。李惠堂迅速启动，追着足球往前狂奔。两名英国球员如影随形，逼迫李惠堂无法用脚停球，只能跃起身来用头球控制球权。但是在争抢头球时，人高马大的英国队更有优势，李惠堂没有触碰到足球，便被英国队球员把足球顶出边线。中国队获得第一次前场掷边线球的机会，孙金辉小步助跑把球掷向李惠堂。被英国队重点盯防的李惠堂刚刚触碰到足球，便被两名夹击盯防的英国球员将球断下，并重新组织起第二波进攻。足球很快被运转至乔埃脚下，乔埃这次没有传球，而是直接带球杀入中华足球队禁区。面对中华足球队后防线的全力防守，乔埃一个转身用身体护住脚下足球，等待队友插上援攻。小北瞅准时机，斜插过来正好挡住乔埃的传球线路，因为一名英国球员正在往前奔突。失去第一传球机会的乔埃，脚下有点儿失了节奏。小北不容乔埃做第二次选择，闪电般断下乔埃控制的足球，并开出一个大脚，直接找前锋线上的陈镇和。陈镇和得球后，马不停蹄冲向对方禁区，吸引过来两名防守球员包夹。在英国队禁区前沿，陈镇和左冲右突，依旧无法摆脱防守，只好在仓促间起脚射门。随着球场上一阵不约而同的惊呼声，足球飞出横梁。

  双方球员你来我往，互有攻防，其间不乏有精妙的战术配合，引得观众爆发出一阵阵喝彩声。主席台左侧，有一群五六百人的华裔观众席，时不时为中华足球队加油助威。尤其是小北几次飞速抢断时，几乎全席起立欢呼，他们惊叹自己的同胞竟然有如此神速。

  随着瑞典主裁判的中场哨声，中华足球队与英国队以零比零踢完上半场比赛。

十二

休息室中，中华足球队的上场球员已经尽显疲态，将近三个月的连续赛程奔袭，众人已在不知不觉中伤了元气。廖月英看到英国队不仅配备三名队医，还有专门的营养配餐师，包括比赛中补充的饮料都是单独勾兑的黄色液体，而中华足球队只能喝组委会提供的普通矿泉水。反观中华足球队，政府连足够的经费都不能提供，还需要球员们依靠比赛门票分账才能抵达德国。如果不是长达近三个月的连续比赛，中华足球队何至于此，拼尽全力只能坚持半场比赛……想至此，廖月英禁不住眼泪在眼圈里打转。

李惠堂喘着粗气，说道："下半场尽量不要拿球找我，英国队制定的战术就是把我防住，既然我吸引了对方两名防守球员，说明我们的队友就会有更多机会，后卫和中场多注意观察。上半场战成平局，英国人肯定觉得面子上不好看，所以他们一定会在下半场大举进攻。投入进攻力量越多，他们后防线就越薄弱，所以，我们下半场的重点不是防守,而是进攻,有效的进攻才是最好的防御。"

下半场易地再战,根据李惠堂中场的布置,小北的位置往前提,旨在增强中场的争夺。如果在中场占据优势,就可能打出有效的防守反击,没准儿可以一击命中。李惠堂的战术变招在下半场比赛进行到十分钟时便收到奇效,英国队9号球员克劳馥出现停球失误,小北眼疾脚快,迅速一个大脚长传把球塞给左边路的谭江柏。谭江柏没有黏球,一脚出球传给陈镇和。陈镇和回传给谭江柏后疾速插上,两个人打了一个"撞墙式二过一"配合。此刻,陈镇和面前只剩下一名防守球员,他拼劲全身气力往前急蹚,想利用速度摆脱眼前的防守球员,怎奈对方体力充沛,像膏药一样紧紧贴住陈镇和。突然间,陈镇和用脚尖把球挑起来,足球越过攻防二人的头顶,陈镇和提前预判了足球的落点,他紧贴着英国防守球员做了一个原地后转身,正好把防守球员挡在身后。此刻,足球稳稳地落在陈镇和眼前四五米的位置,但是英国队的后卫线球员也纷纷落定就位。陈镇和不再做任何犹豫,他铆足劲一记势大力猛的外脚背抽射，足球擦着一名防守球员的后腰应声入网。整个足球场在沉寂了一秒钟后，立刻沸腾起来，中华足球队和主席台左侧的华裔球迷即刻爆发出热烈的欢呼。就在陈镇和与队友击掌祝贺时，瑞典主裁判也正在跟一名边裁交换对进球的裁定。随后，瑞典主裁判一声哨响，判罚中华足球队进球无效。作为场上队长，李惠堂急忙上前向主裁判提出申诉，瑞典主裁判解释说陈镇和起脚射门时，中华足球队一名球员处在越位的位置。

李惠堂用英语大声申辩道："足球是踢在英国队球员身上进的，怎么会有越位？"

瑞典主裁判说："我已经询问过边裁，他没有看到足球与英国队球员身体有任何接触。"

此刻，中华足球队的场上球员全都围拢过来，瑞典主裁判急忙挣脱围拢跑向中场，并示意英国队发球门球。

受此挫折后，中华足球队的士气明显低落下来，任凭李惠堂大声呼喊，球员们的脚步仍然变得迟缓起来。包括陈镇和在内，连续有数名中华足球队球员抽筋倒地。李惠堂示意场下替补球员换人，并同时用完三个换人名额。

在英国队接下来的一次进攻中，守门员江柳生扑出霍姆斯一记射门，英国队获得角球机会。乔埃开出的角球准确找到前点的克劳馥，克劳馥一记头球摆射，足球洞穿江柳生的十指关，比分变成一比零。

被英国队攻破球门早在预料之中，李惠堂挥动双臂示意防线往上压，不要退缩。而此刻，素有"谭铜头"之称的谭江柏也倒下了，并将右腿高高举起脚尖反钩。李惠堂禁不住暗叹一口气，他知道铁打般的谭江柏也开始抽筋了。孙金辉赶忙奔跑到谭江柏跟前，用力压住他的脚底板，帮助谭江柏恢复腿部功能。如此情景之下，李惠堂知道大势已去，剩下的就是让比分不再扩大，输球不输人。

在接下来的比赛里，小北承担了中华足球队的防守重任，他几乎放弃了自己的位置，左右奔突，球到哪儿人到哪儿。观众席上，连英国队的球迷都开始为小北鼓掌喝彩，他们从未见过如此不知疲倦的防守球员。在小北的鼓舞下，中华足球队的后防线再次重拾信心，瓦解了英国队的数次有效进攻。其间，小北还创造了一次单刀赴会机会，当他带球摆脱掉最后一名防守球员时，全场观众都站立起来，助威声就像春雷一般在耳边炸响。奔跑中的小北，感觉到自己的头发都竖立起来，一股温热的气体涌遍全身，让他的脚步都变得轻盈起来。他甚至从如雷的欢呼声中听见了风声，那是中国北方冬季独有的风声，声高且刺耳。他还从刺耳的风声里听见母亲的呼唤，那是有气无力、时断时续的呼唤声，像母亲又像是阿昭。小北感觉自己奔跑完了一生，但他十分享受这一刻的愉悦感，甚至希望可以永远不停地奔跑下去，直到英国队的守门员出击到跟前，小北才下意识起脚打门。可惜的是足球打在球门立柱上，全场观众都禁不住发出一阵阵惋惜声。英国队守门员触碰到了小北的身体，小北翻滚着倒在球门前。透过绿茵茵的青草，小北还看见了阿玉，阿玉扬起手来挥舞着，露出雪白粉嫩的胳膊……一阵吵闹声传入耳中，李惠堂和队友们正围绕在瑞典主裁判身边，追问他为什么不判罚点球。

　　瑞典主裁判故技重施，摆脱开中国球员的围拢跑向中场，并示意英国队守门员发球门球。接连受到两重挫败后，中国队的球门再次被英国队攻破，就在临近比赛结束时，高举高打的英国队利用一个前场任意球，克劳馥再次头球破门，将比分改写成二比零。

十三

中华足球队横扫亚洲球队，十余年未尝败绩。对英国队一役竟以两球惨败，全队上下被挫败情绪笼罩着。足球队回到驻地酒店，球员们纷纷躲进自己的房间，全然不似往日比赛归来的热闹与喧哗。到了晚餐时分，庹秘书敲开李惠堂的房间，说是送来刘文岛公使一封亲笔信。李惠堂打开信笺，是一笔漂亮的行楷：

惠堂先生台启：

昔人有云，蹴鞠之戏，始于轩后，盛于军中，蒙元时西传欧罗巴，遂大行于世。盖健体强国，非止闲暇游戏耳。吾国自清季以来，西人每呼我以"老大帝国，东亚病夫"，闻者恨然。吾兄率队与诸国争雄于绿茵，洵称无敌，弟闻之每雀跃不已。今命驾来德，小有失利，此兵家之常，无端之毁，安足萦怀？唾面之教，雅量可师。足下以孙吴之机变，驱贲育之猛勇，忍耻包羞，卷土之日可期。

弟刘文岛顿首百拜。

李惠堂读罢刘文岛的信，禁不住泪目，遂将信笺折叠好放入信封中。

庹秘书对李惠堂说："刘公使在普拉特啤酒馆订了座位，宴请中华足球队的诸位先生，并叮嘱我全程奉陪。"

庹秘书是个足球迷，公务之余闲暇时也会满欧洲看足球比赛。他详细分析了欧洲足球和亚洲足球的差距，从身体条件到技战术打法，从后勤保障到商业运作，庹秘书认为差距是全方位的，但并非不可逾越。一番头头是道的解析，让中华足球队的队员们听得心悦诚服，包括李惠堂在内，众人对零比二输给英国队的结果释然大半。接下来，到了推杯换盏时刻，半数球员还不太习惯喝啤酒。庹秘书又给大家讲解了啤酒的酿造工艺，还教球员们如何品尝啤酒的优劣。两杯啤酒喝下去，气氛逐渐热烈起来，大家纷纷举杯向庹秘书敬酒。

闲聊时，陈镇和坐庹秘书身旁，询问道："庹秘书，今年3月份，德国军队开进莱茵兰非武装区，您对这件事儿如何看待？"

庹秘书的眼神瞬间凝重起来，他喝了一口黑啤酒，说道："根据我们掌握的情报，德国这个挑衅行为是带有试探性的，他们原计划是，如果遇到法国军队的武力抵抗便迅速撤出莱茵兰。可是法国军队没做任何抵抗，而且英国也在隔岸观火，对于德国公然撕毁《凡尔赛条约》不做任何反应。

江柳生端着一杯啤酒走过来，说道："别操心欧洲了，还是关心一下我们球队技战术打法的改进吧。"

庹秘书对江柳生说："这不仅仅是欧洲的问题，莱茵兰之于德国，就如同东三省之于日本，都是一张拉满的弓。一旦时机成熟，这两处地方就是欧洲和亚洲的定时炸弹。引爆之日，这个世界便不再有和平，届时，欧亚大陆恐怕再也找不到一块能够踢足球的场地了。"

江柳生对这个话题无甚兴趣，他走到小北跟前，与小北碰杯后，两个人一饮而尽。通过对英国队的比赛，小北逐渐领悟到了足球带来的荣耀和快乐，尤其是在万众瞩目下的带球奔跑，那种让他头发竖立起来的快感，即使比赛结束半天了，他仍旧沉浸其中。因此，小北对庹秘书下半场的欧洲话题也不感兴趣，甚至听不明白庹秘书和陈镇和在担忧什么。就这样，深夜的普拉特啤酒馆里分成两个阵容，一拨是以庹秘书、陈镇和、李惠堂、谭江柏为中心的老球员，一拨是以江柳生和小北为中心的年轻球员。老球员们在讨论欧洲危局，年轻球员还在复盘下午对英国队的比赛。

直到半夜时分，李惠堂似乎想起了什么事，他站起身来扫了一眼啤酒馆里的球员，突然问道："余伯庸呢？"

众人这才想起余伯庸，大家面面相觑，都不知道他去了哪里。李惠堂看了一眼手表，安排球员们两个人一组，分头去周围找寻余伯庸。不管找到或找不到，一个小时后必须回酒店集合。众人答应一声，便一齐拥出普拉特啤酒馆。

小北和江柳生一组，沿着一条小方石块铺就的街道一路走下去。8月的柏林，深夜的温度已经开始带有凉意，有点儿像广州初冬的气候。

小北轮番搓着两条裸露的胳膊，嘟囔道："人生地不熟，余伯庸会去哪儿？"

江柳生做了个鬼脸，笑道："余伯庸十有八九去找妓女了，这小子吃喝嫖赌一样都不肯落下。"

深夜时分，柏林的街头很少看到行人。走出大概有二里地才遇见一个醉酒的家伙，江柳生用英语问询了半天，才知道前方拐角处有一家色情酒吧。小北和江柳生很快走到拐角处，看到一个彩色霓虹灯招牌，招牌下面站着两个男人正在低声交谈。小北一把拉住江柳生，两个人避闪到墙根下。

小北用手指着其中一个肥胖男人，对江柳生轻声说："余伯庸。"

跟余伯庸说话的男人是德国人，两个人用德语交谈，小北和江柳生一句都听不明白。交谈结束后，两个人热情地握手并拥抱，余伯庸随后递给德国男人一只小箱子，德国男人冲着余伯庸挥了挥手,便拎着小箱子走进霓虹灯旁边的门。余伯庸长舒一口气,似乎很是疲倦,他伸了一个长长的懒腰。

就在余伯庸还没有收回懒腰之际,江柳生一个箭步冲到他的面前大喝一声:"要钱还是要命!"

余伯庸当即瘫软在地上,待他看清楚眼前是江柳生和小北时,才破口大骂起来:"你两个麻甩佬,吓死老子了……哎哟。"

江柳生笑呵呵地把余伯庸搀扶起来,问道:"你是不是偷偷跑出来嫖娼了,快说实话!"

余伯庸掸了掸裤子上的灰尘,说道:"希特勒上台后就取缔了妓院,不过取缔妓院只是不让普通老百姓嫖娼。"

余伯庸抬手指着彩色霓虹灯,说道:"看见了没有,凯蒂沙龙,这是柏林专供党卫队嫖娼的地方。"

小北问道:"你进去嫖了?"

余伯庸一拍胸口,说道:"那当然,我在党卫队里有德国朋友,哎哟……德国女人那叫一个白哟,白到刺眼,两个大奶子,甩得我这两面腮帮子生疼呀……"

一九三八年

一

北方的春天姗姗来迟，寒意久久不去，让人心生绝望。

矿井口一株杏树上缀满杏花，在晨曦里愈发显得娇艳，让绝望的人心里又生发出几分希望。突然，一颗炮弹呼啸而至，打破黎明时分的静谧。炮弹的弹片削断一根手腕粗细树枝的同时，爆炸的气浪几乎吹落整树杏花。炮弹炸响的瞬间，小北也从梦中惊醒，一只大手已经抓住他胸口的武装带，将他连拉带拽拖进矿井里。拖拽小北进矿井的人，正是中华足球队的队友江柳生。

小北抖了抖身上的尘土，恨恨地骂道："一份干炒牛河刚刚端上桌子，一口还没有咽下，丢你老母的小日本就把老子的美梦炸醒了。"

江柳生笑道："是不是阿玉给你做的干炒牛河？"

小北点点头，说道："我越来越想……"

"轰隆隆"一声巨响，一颗炮弹在矿井井口爆炸，气浪将小北和江柳生掀翻在地，双双跌出去十几步远。江柳生又往前爬了几步，捡起自己的莫辛—纳甘步枪，检查枪械有没有损坏。这支莫辛—纳甘步枪的枪托上，已经用刀子刻了七个"正"字零两画，代表江柳生已经用它击毙了三十七名日本兵。江柳生大概是天生的杀手，他在新兵教导队里的各科成绩都是"甲等"，与小北的成绩不相上下，唯独在最后的射击考核中，五发子弹几乎是从同一个弹孔中穿过。负责射击考核的教官不太相信，他觉得江柳生有可能是脱靶了，便又给他发了五颗子弹，分别射击五个标靶。结果仍旧出乎教官意料，江柳生又连续打出五个十环靶心。从新兵教导队出来之后，小北和江柳生都被编入陆军第41军122师。122师师长叫王铭章，他倡议新兵中的同学、乡党、同门师兄弟可以自愿结合，编入同一个班。王将军解释过这样做的用意，他说对日战争不是一天两天一年两年能打完的，长时间身处战场难免会麻痹，这就需要身边的战友相互照应和保护，战友之间的关系越是亲密，相互间的照应和保护就越是尽心尽力。

因为小北记不得自己祖籍是何处，于是便跟着江柳生加入了四川籍居多的六连，他们所在的五班总共有二十人，除了小北之外全都是广安老乡。他们随着部队由宝鸡开赴太原，在一个叫岩泉镇的地方遭遇日本军队，这也是小北和江柳生参加的第一场战斗。当炮弹在身边炸响、子弹从耳边呼啸而过、战友在眼前倒下……两个从未见过杀戮的年轻人顿时蒙了。副班长段广财被一块弹片划过脸颊，弹片把他的嘴角撕开到了耳朵边，鲜血顿时染红半身军服。段广财摸出一颗手榴弹，朝着日军阵地扔了过去，嘴里含混不清地骂道："日你个先人板板！"

段广财起身扔出第二颗手榴弹时，一颗子弹击中他的额头，后半拉脑壳也被掀掉，直挺挺倒在小北眼前。副班长段广财倒下时，脑浆甩在小北的脸上。说来也奇怪，历经如此血腥一幕，小北两条腿不再抖了，也不觉得害怕了。他用手抹掉脸上的脑浆和血水，拉动枪栓把子弹推上莫辛一纳甘的枪膛，瞄准一名扛着迫击炮筒的日军，深深地吸了一口气，屏住呼吸后扣动扳机。日军士兵扑倒在地，再也没有爬起来……

那场遭遇战打了两天两夜，五班有十三人在激战中牺牲。六连当时处于箭头位置，是最先跟日军交火的，也是最先溃败撤退的。六连后撤进一个村子，村中的老百姓早已进山躲避战乱，五班当时没有来得及挖单兵掩体，临时钻进一户民房。班长把唯一一挺班用机枪架设在房顶，民房是茅草房，根本抵挡不了子弹。日军的重机枪扫射过来，班长和房顶的机枪手就牺牲了。江柳生和小北没有上房顶，他们依托民房的墙体作掩护，朝着冲上来的日军频频射击，有效阻止了敌人的第一轮进攻。战斗从深夜打到黎明，五班打光所有子弹。江柳生示意剩下的八个人上刺刀，随后便跟日本人展开肉搏战。在这场依靠体力的拼杀中，小北和江柳生的运动员身板占尽上风，他们俩各自刺死两名日本兵后，吓得剩余的日军仓皇逃窜。

第一场仗打完，江柳生和小北就被晋升为班长和班副。太原之战，122师损失过半，但是士兵们的士气依旧高涨，他们还把王铭章将军的誓词编成军歌，天天在军营里唱响：受命不辱，临危不苟，负伤不退，被俘不屈……

年底的时候，小北和江柳生跟随122师进驻山东滕县，在这里构筑阻击日军的第二道防线。但是，因为山东守军司令韩复榘没做任何抵抗，让第二道防线的滕县瞬间变成第一道防线。再次面对日军时，江柳生和小北已经没有任何恐惧，两个人的射击命中率也提高了不少。学着江柳生的样子，小北也把射杀的日本士兵人数刻在枪托上，但他只刻了四个"正"字零一画。军队休整期间，122师补充了若干兵员，只是无法按照王将军原先的倡导进行编制了。五班新来的补充兵员已经不再是四川籍了，有湖北人、江西人、浙江人、福建人……整个中国战场的战争减员可见一斑。

滕县城外东北方有一座叫方庄的煤矿，六连和七连在方庄煤矿北侧布下防线，这也是122师的前沿阵地。自江柳生在此开了第一枪击毙一名日军军官后，滕北的战斗已经零零碎碎打了二十多场，历时两个多月。自三天前开始，双方便不再是零星战斗，而是大规模的炮轰。在日军的强大火炮攻势下，六连和七连的堑壕阵地很快被瓦解，防线一撤再撤，直到撤至方庄煤矿。江柳生把五班布置在一座矿井井口，并叮嘱小北不要离开自己半步。望着江柳生紧蹙的眉头，小北心里明白，一场生死大战即将拉开序幕。

二

一轮炮轰过后,接下来便是地面推进,这是日军攻坚战的常规打法。等到炮击过后,江柳生吆喝着五班出矿井,然后寻找有利位置,准备阻击日军地面部队。果不其然,十多分钟过后,日军的地面部队露头了,江柳生约莫着日军至少有一百多人。

连队的传令兵朱赞臣猫着腰跑过来,操着一口上海话喊道:"营部电话讲,守牢广陵村,勿要退半步!"

江柳生对朱赞臣低声嚷道:"赶紧把饭送过来,兄弟们昨晚就没吃东西呢。"

朱赞臣头也不回,喊道:"炊事班全都死脱了,吃西北风好啦呀。"

江柳生目不转睛地盯着远处的日本兵,咽下一口口水:"狗日的小赤佬!"

小北从口袋里摸出半块烧饼,递给江柳生。

江柳生接过烧饼,咬了一口,使劲地嚼着:"看不出来，你还能藏住隔夜粮。"

小北已经瞄准了一个日本兵，轻声回道："我是乞丐出身，习惯了留一口过河粮。"

江柳生压低声音，对着全班说道："放近点开枪，尽量瞄准了，子弹省着用，口粮都送不上来，就别指望送子弹了。"

江柳生话音未落，一排重机枪子弹扫射过来，五班的战士们赶忙缩进掩体。这也是日军的进攻套路之一，在不明环境里会用迫击炮和重机枪进行火力侦察，他们似乎有用不完的弹药。随着重机枪扫射完毕，日军的步兵越发逼近，进入中正式步枪一百五十米的有效射程。小北从江柳生的呼吸声中判断他即将射击，两个人几乎同时扣动扳机，走在最前面的两名日本兵双双中枪倒地。小北迅速退弹壳上膛，射出第二枪，击中一名日军的肩膀。江柳生赶忙拽着小北撤离，更换掩体。两个人跳跃着滚进煤矸石堆后，刚才躲避的土墙便被两枚迫击炮炮弹击中。江柳生从煤矸石后探出脑袋，看到日军迫近眼前，他缩回身体，掏出两颗手榴弹，拧开保险盖，随即大声喊道："手榴弹伺候！"

随着一排手榴弹的爆炸声响起,日军丢下几名死伤士兵,全线退出有效射程。战场上霎时安静下来,只剩下缕缕硝烟在风中攀升、消散。

江柳生吐出一口气,仰面躺在煤矸石堆上,大声喊道:"点名!宋明奎!"

依靠在大槐树后的宋明奎回道:"在!"

江柳生接着喊道:"梁三伢!"

梁三伢不知在何处回了一声:"活着呢。"

江柳生继续点名:"黑喜子!……黑喜子!"

江柳生点完名,包括黑喜子在内有两名战士没有回音,应该是在这一轮战斗中牺牲了。

小北恨恨地嘟囔道:"又是两个饿死鬼,临了都没吃顿饱饭。"

江柳生喊道:"梁三伢留下警戒,其余人撤进矿井,小鬼子一会儿又该开炮了。"

十几个人离开各自掩体,接二连三进了矿井,炮弹随后而至。炮击一起,梁三伢也跟着躲进矿井,只要是开炮,日军的地面部队就不会进攻。这一轮轰炸持续了半个小时,矿井里虽然安全，也不时有煤矸石跌落下来。江柳生让大家戴上头盔，躲到矿井墙根下面。

一天下来，日军反复进攻撤退了三轮。傍晚时分，撤进矿井躲避的五班只剩下七个人，还有三人负伤，一人失去战斗能力。

宋明奎扔掉头盔，发起牢骚："吃的不给，子弹也没了，这仗还打个屁。"

梁三伢问道："等下去就是等死，咱们是不是该撤了？"

江柳生说："上面让我们死守，要撤也得等小赤佬传话过来。"

看到地上躺着的三名战友，如果得不到及时救治，没准儿挺不过当晚，江柳生最终做出撤离的决定。四人搀扶着三个受伤的战友，从矿井里出来的时候，发现周边出奇安静，远处倒是不停地传来枪炮声。自矿井出来之后，江柳生一路上喊着当天暗号口令，却没有听到一声回复，感觉战友们已经全线撤退了。突然，梁三伢脚下被绊了一下，摔倒在地上。接着听到梁三伢叫了一声："小赤佬，是小赤佬！"

朱赞臣仰面躺在地上，身体早已僵硬，胸口和腹腔几乎被炸成一个血窟窿。看到朱赞臣的遗体，众人心中也明白了：朱赞臣传令的路上被炸死，所以他们没有接到撤退的命令。

三

一路走过去，果然没有看到一个自己人，地上散落着国军的物资装备，小北和江柳生确信队伍早就后撤了。突然，一颗照明弹在头顶上空炸开，几个人同时吓了一跳，四周全部被照亮。紧接着，耳边便传来子弹破空而至的呼啸声，还有梁三伢的惨叫声。江柳生在倒地的瞬间，一把推倒身边的小北，两个人翻滚着跌进一道土梁后面。子弹像雨幕一样扫射过来，而且是从前方射过来的。根据经验判断，只有日军才有这样的照明弹，五班显然已经被日军截断退路。

照明弹熄灭时，江柳生大声喊道："五班，往后撤！"

小北奔到梁三伢跟前，发现他的胸膛被子弹射穿，伤口处往外汩汩地冒着血,人早已咽气。小北环顾四周,其他战友也不见踪影。此刻,已经能够听见日军的吆喝声从前方传过来。江柳生拍了一下小北后背,挥了挥手示意他赶紧后撤。两个人猫着腰,一前一后飞奔回原先藏身的矿井处。一路上,小北和江柳生捡了几条子弹袋,还收拾了一兜子手榴弹。两个人站在矿井口,粗粗地分配了子弹和手榴弹,小北上了矿井口北侧的煤矸石堆,江柳生上了东侧竖井塔楼,与矿井口形成掎角之势。片刻过后,一小队日军士兵追寻而至。通过日军两只手电筒的亮光,江柳生判断有六七个日军士兵。日军聚拢在矿井口七嘴八舌商议一番,朝着矿井里面扔了两颗手榴弹。就在手榴弹爆炸声响起的同时,江柳生开枪了,击中一名日军。小北紧接着开了第二枪,也命中一个日军。循着枪响的方向,日军判断煤矸石堆后面有埋伏,便猫着腰往煤矸石堆上爬。爬到半截时,江柳生再次开枪,击毙了持手电筒的日军。被击毙的日军翻滚着滑下煤矸石堆,他的手电筒却遗留在煤矸石堆上,正好照着前面三名日军。江柳生迅速开了两枪,又击中一个日军。此刻,日军确定子弹来自另一侧竖井塔楼，赶忙溜下煤矸石堆，对着塔楼窗口疯狂射击。小北探出头来，瞄准一名日军后背，一枪撂倒一个。就这样，小北和江柳生在两处制高点上默契配合，十几分钟后便干掉了七个日本兵。

江柳生把自己的钢盔从塔楼上扔下来，"叮叮咚咚"滚了一阵子，确认暂无威胁后，小北和江柳生下到地面，从日军士兵身上搜寻食物和手榴弹。远处的枪炮声越来越激烈，榴弹炮炸响后，时不时会把西南方向的天空映亮。

小北望向西南方，问道："日本鬼子是不是已经攻下县城了？"

江柳生仔细听了听，说道："鬼子的榴弹炮都是小口径的，这么响的炮弹，应该是咱们国军的山炮。"

小北说："那咱们是不是得去县城，从背后打鬼子个措手不及？"

江柳生笑道："你以为你是长坂坡的赵子龙呀，现在不是冷兵器时代，就凭咱们两条枪，顶个毛用。"

江柳生话没有说完，前方便传来嘈杂声，一队日军摸了过来，一辆汽车车灯紧接着照射过来。眼看着躲避不及，江柳生一把把小北推进矿井，他则朝着正北方向奔跑过去。一边跑，江柳生还回身朝着日军开了一枪。日军是从滕县县城方向退下来的，人群里还夹杂着受伤的士兵，他们看到江柳生跑动的身影，举枪一通胡乱射击。在灯光时有时无的射影里，小北看到江柳生扑倒在地上，他甚至嗅到一股血腥味儿……

四

当小北扛着江柳生走进滕县县城时，六连剩下的五十多名兄弟们分列在城门口两侧，恭敬地迎候小北和江柳生。三天后，122师师长王铭章被授予国光勋章，江柳生被授予青天白日勋章，小北被授予云麾勋章。当日下午，师长王铭章和江柳生的遗体一同在县城老府衙门前火化。江柳生的火堆旁，小北长跪不起，直到炙热的火焰烤干他脸上的泪水。

六连副连长把小北搀扶起来，问道："江柳生有什么遗言留下吗？"

小北哽咽着，说道："他让我把他的骨灰送回广安，他说做梦的时候，天南地北的人都讲广安话。"

翌日，副连长和六连的弟兄们把一身便装的小北送上卡车，他要先奔武汉，然后由武汉乘船再去广安。跟小北一同随行的还有两只大木箱子，里面装着六连广安将士们的五十五份骨灰。自打与日本开战以来，国军阵地一撤再撤，很多牺牲官兵连尸体都找不到。滕县战役难得取胜，连续击退日军数次进攻，国军才得以打扫战场，把为国捐躯的将士们的尸体收拾回来火化。为了便于携带，六连战友全部骨灰装入帆布袋子，袋子上写明牺牲将士的姓名和籍贯。看着一个个熟识的名字，他们嬉皮笑脸的模样还在眼前，似乎刚才还打过照面。此刻，这一个个活生生的小伙子变成一小袋袋骨灰，怎么能让人不心生感慨。小北没有把江柳生的骨灰放进木箱里，因为他知道江柳生喜欢清静，木箱里人多太吵闹。小北把江柳生的骨灰放在背包里，他要随身携带着。小北心里清楚，江柳生是为了掩护他才被日军射杀的，江柳生相当于是替他去死的。最后一刻，江柳生还道出一个秘密，陈镇和写信来叮嘱他，说小北生性鲁莽，一定要在战场上予以保护，因为小北是中华足球的希望命脉……一路之上，每每想到这一节，小北的眼泪就忍不住滚落下来。思念江柳生间隙，小北也会想起阿玉。阿玉的眼睛长得杏核般好看，还像井水一样清澈，看着就解渴。还有阿玉白皙的皮肤，在老家绝不会有这种细皮嫩肉的女人。小北见过段财主家的二小姐，脸色黑黢黢的，还有几颗麻子坑，据说是二小姐小时候生天花留下的。一想到阿玉白嫩的皮色，小北就会觉得口干舌燥，他端着深绿色搪瓷缸子，让船老大给他弄点水来喝。船老大是重庆人，脸色远比段二小姐还要黑，几乎快赶上深绿色的搪瓷缸子了。船老大知道小北是当兵的，一路上便对小北恭敬有加。登船那天，小北雇了两个人扛箱子。船老大看到两只大木箱，眼神不自觉地闪过一丝光亮。

跟在木箱后面的小北捕捉到船老大的眼神，他拍了拍船老大的肩膀，说道："木脑壳，别打歪主意，那是广安五十五位军爷的骨灰。"

船老大闻听，恭恭敬敬地对着两只木箱深鞠一躬。

片刻后，船老大端来一缸子热水。小北接过搪瓷缸子，

"咕咚咕咚"喝下大半缸子水，望着江岸上青黛色的岩石，继续想着远在广州的阿玉。

舟车劳顿月余，小北抵达广安。得知小北带来五十五位广安抗日将士的骨灰，县长连夜召集乡绅们开会，商议建一座抗日烈士公墓，供广安县父老乡亲们拜祭。此事很快达成一致，众乡绅们慷慨解囊，有钱的出钱，有力的出力，有地的出地，川人的血性在这一夜高涨爆棚。唯一发生分歧的是抗日烈士公墓选址，岳池人要把公墓建在金城山，华蓥人要把公墓建在华蓥山，武胜人要把公墓建在嘉陵江畔……最后，还是由县长出面定夺，他认定五十五位抗日烈士中被授予青天白日勋章的江柳生最为英勇，而江柳生是邻水人，因此公墓应当建在邻水。

第二天，县长亲自赶往小北下榻的客栈挽留小北，坚持让他出席烈士公墓骨灰安放仪式。此行的目的便是让江柳生回归故土为安，其他五十四位烈士也都是与他并肩作战的弟兄们，小北没有理由拒绝。邻水古路口烈士公墓日夜赶工，日用工人数最多的时候达到一万三千人，全部都是老百姓自发地义务出工。

在此期间，小北前往江柳生家，拜见了江柳生的父母亲和祖母。见到江家老人，小北便跪拜下去，坦承江柳生是为了救自己才壮烈牺牲的，并将青天白日勋章双手奉上。江母上前，搀扶起小北坐定，小北则将江柳生如何杀敌，以及他击毙日军士兵的数目如实禀报江柳生的家人。江柳生的祖母已经痴呆数年，信手拈起孙子遗物中的一支钢笔，当作簪子插在自己稀疏的发髻上。因为祖母的头发太少，而钢笔太重，不一刻工夫，钢笔便"吧嗒"一声跌落在木榻上。江母很有耐心地收走婆婆手里的钢笔，塞给她一把木梳。

江父是读书人，至今仍在邻水一所私塾任教，他抚摸着青天白日勋章，老泪纵横道："国之兴亡，食肉者谋。天下兴亡，匹夫有责。如今，欧亚战事并起，凡天下义士，当尽守土抗倭之责，柳生岂能独善其身……吾儿死得其所，死得其所呀！"

一个月过后，邻水古路口抗日烈士陵园建成，广安县举办了隆重的抗日烈士骨灰安放仪式,江柳生与他的五十四位弟兄们长眠于此。

本欲归队的小北,从军令部前来吊唁的一位少将处得知,国军的防线一退再退,而且根本不知道122师现在何处驻扎。此外,军令部少将还带来另一个坏消息:日本军队即将进攻广州。

五

整座广州城弥漫着硝烟味儿,间或还有一股股恶臭,大概是人或动物的尸臭味儿。

在日军飞机轰炸过的执信北路,小北好不容易才辨别出来得月斋,两层小楼已经有半拉子被炸塌,"得月斋"的牌匾也被震落在台阶下。小北拾起牌匾,掸去上面的尘土,呆立在门口。小北看到得月斋前后门全都上了外锁,这才放心下来,知道阿玉和章老板在轰炸前就已离开。得月斋是章家祖传的私宅,布局是前店后家,阿玉和父亲一直住在此处。这些年来,得月斋经营得还算红火,但也不曾在别处置办房产。既然阿玉和父亲在轰炸前离开得月斋，他们又会去哪儿躲避战乱呢？

小北沿着执信北路走过去，几乎家家户户人去房空，连只野狗野猫都没见到。突然，一阵熟悉的"啪、啪、啪"声传了过来，透过残垣断壁，小北看到一名年轻的日本士兵，正在一块空地上熟练地颠着一只足球，白色足球上有两个斑驳脱落的红色油漆字：广师。小北认得这两个字，这是中华足球队常年训练的广州师范学堂的足球。

年轻士兵应该练了有一阵子了，身上只穿了一件白里泛黄的背心，他把头盔、军服和武装带全都放在一堵断墙上，三八式步枪则靠在墙边。这一刻，江柳生和梁三伢惨死的情境映入脑海，小北顿时血脉偾张。尤其是江柳生的牺牲，让小北痛不欲生。弥留之际，江柳生握着小北的手，虚弱地说道："真想……想跟兄弟们再踢一场球，我喜欢比赛，哪怕是、哪怕是在去比赛的路上，我都喜欢……"

小北目测一下两个人距离步枪的距离，自己应该可以赶在日本士兵之前拿到步枪。此刻，广州城里到处都是日本兵，即便是自己拿到步枪也不敢开枪。小北盘算着，他觉得不应该抢枪，而是应该抢夺日本兵的刺刀，刺刀在刀鞘里，刀鞘则挂在武装带上。小北之所以迟疑，是因为这名年轻的日本士兵身高跟自己差不多，却比自己魁梧，一会儿近身肉搏，如果没有利器在手，着实没有必胜把握。而且，一旦自己现身，必须在三招两式内解决对方，不然日本兵喊叫起来，周围其他日军士兵很快就会过来增援。自从得知陈镇和给江柳生写信托付后，小北才明白自己的鲁莽给队友们带来多大麻烦。他也暗下决心，日后一定要耐心细致，不让陈镇和为自己担心。

就在小北犹疑之际，一队日军士兵列队走了过来，其中一人看见躲在墙后的小北，"哗啦"一声拉动枪栓，举枪瞄准了小北。小北赶忙站起身，背对着举枪瞄准的日本兵举起双手，证明自己没有武器。小北用余光瞄了一眼右侧，那里有一座坍塌的房子，自己若能一个鱼跃扑进去，大概可以脱身……就在此时，一只足球突然飞到眼前。出于专业球员的下意识反应，小北娴熟地用胸口停球，等球落下之后，飞起一脚把球踢过身前的矮墙，堪堪落到那个年轻的日本士兵脚下。日本士兵用脚把球停下，对着小北说了一句日本话。小北一脸茫然，不知道做何回答。年轻的日本士兵举起手，对着远处那队持枪瞄准的日本兵挥了挥手，高声说了几句日语。那队日本士兵收起枪，列纵队沿着街道往前去了。

随后，那个年轻日本士兵捡起地上的足球，对着小北做了一个询问的神情。小北点点头，表示自己对足球有兴趣。年轻的日本士兵对小北招了招手，示意他走过去。小北斜睨一眼置放在断墙上的刺刀，他顾虑的是身后那一队日本士兵还没有走远，若是贸然动手绝无胜算。

小北双手撑墙，越过面前的矮墙，走到空地上。空地收拾得很干净，连碎小的石块都没有，空地旁躺着一把扫帚，应该是这个年轻日军士兵临时打扫的。小北还在观察四周动静，突然，"嘭"的一声，足球已经飞到眼前。小北下意识用胸口停球，足球尚未落地，他紧接着飞起一脚，把球踢还给了日本兵。日本兵学着小北的样子，用胸口停球，也不等足球落地，便将足球踢了过来。小北一边与对方倒脚踢球，一边将身体移动到搁置刺刀的断墙边，准备随时抢到制敌先机。

日本兵冲着小北伸出大拇指，用赞许的口吻说了一句日语。小北能听出他褒奖的口吻，这个日本士兵绝非泛泛的足球爱好者，看他颠球、停球、传球没有丝毫怠滞，肯定受过专业足球训练。尤其是他的外脚背传球，足球不冲不劲，力道掌握恰到好处，足球总是不疾不徐落在小北脚边。这种细腻的外脚背脚法，与队长李惠堂竟有几分相像。此刻，小北把日本士兵和断墙完全隔开，他只要转身就能随手抓起三八式步枪或刺刀。就在小北犹豫要不要动手之际，对面的日本士兵再次对小北竖起大拇指，脸上甚至挂满欣赏的笑意。小北暂时收起动手抓刺刀的念头，他想展示更多足球技术，让对方在临死之前见识一下自己的足球风采。大概是一年多没有踢球的缘故，小北在生死一搏的紧张中还略带些许足球给予的兴奋。此刻，能够在战火硝烟中突然冒出一个旗鼓相当的对手，小北竟生出一丝丝惺惺相惜之意。

两个人来来回回踢着球，各自不失时机地显摆脚法、显摆控球技术、显摆反应速度。踢小场子关键要把控力道，不能发力、不能开大脚，更多的是展现细腻技术和小技巧。

因为场地过于狭小，两个人均把自己脚下最细腻的活儿拿出来。一场不动声色的较量下来，心里不由得都在暗自佩服对方。对方的高球过来时，两个人已经不再局限于胸部停球。日本士兵甚至用左侧肩膀卸球，耸肩后再把球抛给右肩，然后上身后倾，让足球沿着躯干和大腿滚落到脚背，随后一腿挥出把足球踢向小北。小北也不再用胸部停球，而是用头卸球，卸下来的足球在头顶连续颠了七八次。头部颠球几十次都不难，难的是小北颠起来的球离开头顶不足一拳头高度，这样的力道需要拿捏得十分准确。第八个头球颠起来稍高些许，小北用余光看到日本士兵撇了撇嘴。紧接着，小北上身前躬，足球落下时正好停在后脖颈子上，他旋即做了一个原地三百六十度转身，足球在后脖颈子上平稳得如同抱在怀里。接下来，小北右腿向后方探出，与前倾的躯干呈四十五度大斜面，足球沿着后背经过大腿滚落到脚后跟。最绝的是小北飞速抖了一下脚腕，在电光石火间便将足球踢向前方。对面的日本士兵早已把撇开的嘴巴张大，腮帮子毫无反应地撞上飞来的足球，足球弹落在地上，"砰、砰、砰"几个起落后停在一片瓦砾废墟上。显然，小北用身体后侧停球比日本士兵的身体前侧停球高明许多。身体前侧停球，视线可以辅助并做调整。身体后侧停球，则完全凭感知。两个人在足球上的造诣，已然分出高下。

看到足球打在日军士兵脸上，小北心中一惊，他旋即做好拼命准备，等待对方发作。但是，刚才踢球一时忘形，小北和日本士兵的位置早已调换，日本士兵的背后就是步枪和刺刀。

时间静止数秒后，日军士兵突然说了一句日语，神情略显凝重。小北一脸茫然，从语气口吻上，他判断不出对方是喜是怒。日军士兵见小北没有反应，便默不作声地转过身去，抓起三八式步枪，"哗啦"一声拉动枪栓，举起枪来瞄准小北的头。

小北心中懊恼万分，他恼怒自己刚才错失机会没有抢先动手。一声慨叹，小北闭上眼睛，平静地等待死亡。时间不知道过了多久，日本士兵始终没有扣动扳机。小北有些纳闷，他睁开眼睛时，看到那个年轻的日本士兵一手拎着步枪一只胳膊夹着足球，已经走远了。

六

阳光炙烤着死气沉沉的羊城，零星响起的枪声可以穿透几条街，让躲在屋里的人心惊胆战。街道上很少有行人出没，小叶榕恣肆地蔓延着根须，几乎快垂到昔日热闹的路面上。

小北最终敲开执信北路一户人家，家里的年轻人早就奔了韶关躲避战乱，只剩下一对上了年纪的阿伯阿婆看门。阿伯经常光顾得月斋，认得章老板也认得小北，但他说不出章老板和阿玉的去向。阿婆说日本鬼子进城后，老百姓们就散了，有的去了乡下投靠亲戚，有的远走去了广西或江西，还有的去了香港。阿伯说沙面有消息灵通的人，建议小北去沙面打听一番。

沙面尚有几处店铺开着，一家西餐馆，两家茶楼兼着咖啡店，还有几家洋行。日本军队的残暴行径早已世人皆知，这些店铺之所以开张，不是人们赚钱不要命，而是背后有欧美人撑腰，方便各路人马在此交换、买卖情报。

小北步入一家叫OWEN的咖啡店，发现服务生是相识的阿坤，便问他要了一杯美式咖啡。小北是跟着陈镇和学会喝咖啡的，他时常做陈镇和和易梅的电灯泡，三个人经常光顾OWEN咖啡店。再后来，小北和阿玉确立了关系，便是四个人光顾OWEN咖啡店，阿玉自始至终都只喝可口可乐，直到易梅给她的咖啡里放了糖和牛奶，阿玉才品出咖啡的醇香。

阿坤端来咖啡时，还送了他一块提拉米苏蛋糕。陈镇和曾经给他和阿玉、易梅讲过提拉米苏蛋糕的来历，说是第一次世界大战爆发后，一名意大利士兵即将奔赴战场，深爱他的妻子把家里能吃的饼干和面包做成一个糕点，妻子把这个糕点命名为提拉米苏，因为意大利语"提拉米苏"也有"带我走"的意思。

小北抿了一小口咖啡，问阿坤："日本人来了之后，你有没有遇见阿玉和易梅？"

阿坤摇了摇头，说道："有钱有门路的人早都走了，走了也是好事儿，至少比待在广州安全。"

小北把失望的神情挂在脸上，拧紧眉头喝了一大口咖啡,望着门店外一株芭蕉树愣神。

阿坤见他不悦,便说道:"阿玉和易梅不得见,倒是经常见到你们的一位老友。"

小北收回眼神,盯着阿坤问道:"谁?"

阿坤笑着说:"余伯庸余先生。"

小北等了三天,才在OWEN咖啡店见到余伯庸。余伯庸看上去瘦了一圈,但依旧穿着笔挺的西装,只是不停地拿着一块大手帕擦拭汗水。他问小北怎么回广州了,小北便把参战以来的经历一一说给余伯庸听。听到江柳生的死讯,余伯庸眼圈一红,久久没有说出话来。最后,余伯庸劝说小北尽快离开广州,说日本人对广州城里年轻力壮的男人很不友好,随意找个借口就会当街击毙。小北拒绝余伯庸劝说,说他要留在广州等阿玉。余伯庸说只要日本人在,逃出去的人就不会回来,在广州肯定等不到阿玉。小北觉得余伯庸说得有道理,一时间,他竟有些迷惘失措。直到这一刻,小北才明白阿玉在自己心里有多重要,这也更加坚定了他要找到阿玉的决心。

余伯庸站起身来，拍了拍小北的肩膀，说道："阿玉和他父亲不缺钱，有钱人大都逃去了香港，这两天我处理完手头上的事情，也要去香港，你跟我一道走吧。"

七

香港中英口岸挤满了逃难的难民，几乎人人都背负着大小不一的包裹。男人们的脸上堆积着焦躁不安的惶惑，女人们则不停地擦拭眼泪，人群里时不时传出孩子的哭喊声，嘈杂混乱中弥漫着绝望的气息。铁丝网后面，英军士兵荷枪实弹，严密监视着涌动的难民潮。铁丝网中间有两个铁栅栏门，门后摆放着两张栗子皮色的木桌，四个香港警察通过铁栅栏接过难民的证件勘验。本来进出香港是不需要任何证件的，但是自从日本人占领广州之后，便要求英国方面对中国民众实施证件通关，可以通关的证件则必须是日本军方发放。如此一来，大多数证件通过铁栅栏又被警察递了出来，得到放行进入香港的人寥寥无几。绝大多数难民没有任何证件，他们依旧拥挤着排队，排到最后会被香港警察轰赶驱散。

小北和余伯庸夹杂在难民中,亦步亦趋地往前挪动着。早在日军刚刚占领广州时,余伯庸便通过关系办了一张前往香港的通行证。小北却只有一张士兵证,余伯庸说士兵证通不过口岸,香港警察不会允许中国士兵进入香港的。小北埋怨余伯庸为什么不早说,骗他白跑一趟。余伯庸说想要找到阿玉,只能去香港。余伯庸从口袋里掏出一沓钱币,夹进小北的士兵证中,让他一会儿碰碰运气。

余伯庸叮嘱道:"我的钱不是大风刮来的,到了香港记得还我。"

一对中年夫妇带着一双即将成年的儿女,在铁栅栏门口拿不出任何证件,中年妇女从手腕上摘下一只玉镯,"扑通"一声跪了下来,带着哭腔用粤语央求警察放她女儿一个人进香港。警察把中年妇女的玉镯推回来,脸上似有悲悯之色,却又无可奈何地招呼后面的难民出示证件。

小北用胳膊碰了碰余伯庸,问道:"警察连玉镯子都不收,会收钱吗?"

余伯庸说道:"没有不收钱的警察,他们是在众目睽睽之下不敢收。"

小北说："那我还是去不成香港。"

此时，对面拥出来一群香港市民，熙熙攘攘地议论着什么。透过铁栅栏门，余伯庸看到对面人群打出一条横幅，上面写着：让我们的同胞进香港。

余伯庸犹豫了片刻，突然，他转过身对着难民人群问道："你们想不想过去香港？"

难民们不知道余伯庸要说什么，全都木讷地瞅着余伯庸的大胖脸。

余伯庸接着说道："我知道你们大多数人没有进入香港的通行证，但我有一个办法，能保证你们全都进入香港。"

已经走投无路的难民们似乎看到一线希望，七嘴八舌地问余伯庸有什么办法。

余伯庸把手搭在小北肩膀上，说道："按照人头算，女人和孩子十块钱，男人五块钱，你们每个人把钱交给我的会计，我就让你们全都过去香港。"

难民们沉寂了片刻，人群里一个男人问道："我们把钱给了你，你把钱骗走了，我们找谁要钱去？"

余伯庸说:"你们只要把钱交了,我让你们半个钟头过去香港,如果我是骗子,你们这么多人直接把我们俩打死好了。"

小北不知道余伯庸葫芦里卖的什么药,但他了解余伯庸的人品,直接回撑余伯庸道:"你如果骗了他们,我会跟他们一起动手把你打成人渣。"

难民们听见余伯庸的"会计"也这么说,便有些相信余伯庸的话了,因为半个钟头时间不长,他们很多人已经在口岸等了一整晚了。接下来,有人开始交钱了,一家一户按照人头给小北交钱。不多一会儿,小北的皮包和箱子里便塞满了钞票和银元。余伯庸打开自己的皮箱,把衣服等杂物全都扣在地上,示意小北把钱装进箱子里。收拾停当,余伯庸拎起箱子,挣脱出人群走到铁栅栏门前。交过钱的人们紧紧跟着余伯庸往前拥动,生怕他跑了。

余伯庸带着难民"大军"走到铁栅栏前,指着中年妇女的女儿对栅栏里面的警察吼道:"把这样一个黄花大闺女推给日本鬼子,你们还算是人吗?难道你们没有母亲、没有姐妹吗?"

中年妇女也站起身来，跟着余伯庸一起斥责警察。看到余伯庸挺身而出，难民们也纷纷附和，大声抗议起来。

余伯庸转过身来，对着难民们高声喊道："香港自古以来就是我中华的土地，香港的同胞也是欢迎我们进香港的，警察凭什么阻拦我们？回去是死路一条，日本鬼子会杀掉我们所有男人，强奸我们的女人，你们要回去吗？"

难民们的情绪积压已久，此刻被余伯庸几句话便煽动起来，大家高呼道："不回去，我们要去香港。"

余伯庸接着喊道："一道铁丝网是挡不住我们的，同胞们，跟着我往前冲啊！"

难民们望风而动，携老带幼冲向铁栅栏。

余伯庸高声大喊道："把你们的破被烂褥子铺到铁丝网上，香港天热用不上被窝子……"

中英口岸瞬间变成一锅沸腾的开水，铁丝网被难民们顷刻间推倒，众人潮水般通过口岸。有两名英军士兵朝天空开了两枪示警，但根本吓唬不住逃命的难民。小北随着人流越过口岸，但他已经看不见余伯庸肥胖的身影了。

八

在皇后大道一家便当店里，小北要了一份干炒牛河。便当店老板听出小北是内地口音，特意给他的干炒牛河多加了一片牛肉。小北诧异地看了一眼老板，问干炒牛河多少钱一份。老板笑了笑，说全香港的干炒牛河都是一个价，不会向他多收钱的。小北即刻领会了店老板的用意，赶忙称谢。

来到香港已经十几天了，小北先是在新界和九龙待了两天，后经香港人指点，说是找人最好去港岛，因为港岛繁华也聚拢人气。于是，小北便乘坐轮渡进入港岛。好在小北身上有不少钱，都是余伯庸在口岸上敛来的钱，余伯庸拿走了大部分，剩下一小部分装在小北的背包里。小北先是在龙虎山下租了一间房，这间房子是一栋欧式住宅的二楼，房主是英国皇家空军一位飞行员，因为战争原因带着妻子和两个儿子返回英国了。飞行员临走时，把房子托付给管家帮忙照看。管家看到大批内地人拥进香港避难，便私下做主把房子分租出去。同租的十几口子人操着南腔北调，倒有一多半是从内地逃难来香港的。

小北每天出门转悠，希望可以找到阿玉或者余伯庸。他先是把龙虎山周围的房子问遍了，然后又进去市里，沿着大街小巷搜寻。两个多月下来，小北把港岛的所有街道走了至少两遍。这些年来，他跟着陈镇和和江柳生认识了很多字，包括一些简单的英语，在香港与人打交道或者是问路寻路没有任何障碍。

从便当店出来往前走，便是大观电影院，巨幅手绘海报上画着一位漂亮的女影星，还有三个大字遮在女影星的胸前：望夫山。大观电影院的北侧则是汇丰银行的大楼，大楼外侧悬挂着一幅广告画，一位穿着暴露的美女一手扶着沙发，一手举着一支插在烟嘴上的香烟。广告底端有一行字：汇丰银行祝你财源滚滚。小北觉着广告上的美女十分眼熟，不由得停住脚步仔细打量起来，这才发现广告上的美女竟然是易梅。小北迅速穿过马路，走到汇丰银行大楼门口，他想询问一下汇丰银行里的人，如何才能找到易梅。汇丰银行的大门前站着两名身着西装的洋人，小北走上前去,指着头顶上方问道,去哪里找广告里的女士?

两个洋人大概是没有听懂小北的话,其中一个洋人挡住小北去路,然后做出一个请他离开的手势。小北无奈,明白洋人没有听懂自己的话,便走下台阶站在不远处。片刻后,汇丰银行大门里走出一行人来,其中一位女士尤其抢眼,她穿着一袭镶着松石绿边的墨绿色丝绸旗袍,踩着很高的高跟鞋,白皙的脸上还罩着一副墨镜。走在一行人后面的是两个男人,年长的男人大概五十多岁,面色平静步履沉稳,身着白色丝绸长衫,微秃的头发被梳理得一丝不乱。年轻壮硕的男人是微秃男人的跟班,亦步亦趋地跟在末尾。

皇后大道上行人众多,看到一众衣着亮丽的男女从汇丰银行出来,众人立刻围观上来。

小北认出穿墨绿色旗袍的人正是易梅,便叫了一声:"易梅!"

围观的人群里有一个男人也跟着叫喊起来:"易梅,是易梅,就是那个光着身子拍广告的亚洲游泳冠军。"

"伤风败俗的女人!"

"不要脸，还不如直接去窑子里卖呢。"

易梅只管低着头走路，压根儿就没有看小北，在两个身着西装的男人护拥下急匆匆走向一辆轿车。围观的人越来越多，众人七嘴八舌地咒骂着易梅。一个中年疤脸男人把一块柚子皮扔到易梅头上，惹得疤脸男人身后几个小跟班一阵哄笑。小北立即冲到扔柚子皮的中年疤脸男人面前，飞起一脚踢到他的胸口，疤脸男人毫无防备被踹倒在地上。小跟班们看到大哥被人一脚撂倒，便撸胳膊挽袖子冲了上来，跟小北扭打在一起。此刻，易梅早已进了轿车，车子旋即开走。汇丰银行门前，小北以一敌四竟丝毫不落下风。一个小跟班被小北踢中要害，双手捂着私处躺在地上打滚。另一个跟班被踢断鼻梁骨，鲜血染红了半个身子，看上去尤其惨烈。突然，一阵警笛声响起来，三名警察冲进人群，举着手枪呵斥众人住手。在警察的威慑下，小北和另外五人被戴上手铐，押上警车。

微秃的白色长衫男人和他的跟班没有离开现场，站在一旁目睹了这场打斗的全过程，直到警车离开。

白色长衫男人瞅着远去的警车，问道："阿武，你看这小子身手如何?"

阿武说:"德叔,这人的身手不像是练家子,可是腿上功夫了得。"

德叔点了点头,似乎是认可阿武的说法。

九

德叔把一份讯问笔录放在桌子上,抬起头来沉思片刻,对办案的警察说道:"易梅是他的朋友,他替易梅出头,说明这孩子看重朋友情谊,你们就别难为他了。"

警察点点头:"打架斗殴也是寻常事,可他的身份特殊,我们不得不公事公办。"

警察一边说着一边从卷宗袋子里取出一个折子,交给德叔。

德叔接过折子,打开看了一眼,随手折起来,说道:"士兵身份也没有问题,说明这是一位抗日英雄,既然陈警官要公事公办,那我只好交保释金了。"

德叔说完,冲着立在一旁的阿武微微点一下头。阿武立刻从口袋里掏出一沓纸币，塞进陈警官手里。

陈警官满脸堆笑起身，说道："感谢德叔对我们警界的理解和支持。"

小北走出警察局的时候，天上阴云密布，一场台风正袭击香港。在警察局关了三天，小北打了四架，脸上青一块紫一块的像个唱戏的花脸。在广州的时候，小北被关进过警察局，他觉得香港警察比广州警察还要坏，他们会挑唆犯人打犯人，不然自己不会在里面打那么多架。他们原本说自己会被遣返广州，因为香港不允许军人入境。今天却又被释放，释放他的时候，陈警官还问他跟德叔是什么关系。小北压根儿就不认识什么德叔，陈警官说如果不是德叔为他求情，他肯定会被遣返回广州。陈警官给了小北一个地址，说是德叔的公馆，让他赶紧把保释金还给德叔。从陈警官的言辞里，小北听出德叔不是寻常人物，自己与他无亲无故，他为什么会为自己缴纳巨额保释金？

走出警察局大门时，小北遇见疤脸男和他的三个手下，他们也同时被警察释放出来。

疤脸男看到小北也被放出来，脸上有些诧异，他走到小北面前叫嚣道："北佬，得罪我大方仔，你小子别想在香港混下去，除非你认我做大哥。"

小北骂道："滚蛋！老子不认你大方仔还是大圆仔。"

大方仔闻听，一拳挥向小北。小北错身躲过，紧接着飞起一脚，正好踢中大方仔胸口。如同第一次交手一样，大方仔转瞬跌入三个马仔怀中。双方正要拼斗一番，陈警官走了出来，他站台阶上呵斥道："警局没有待够，我就把你们再关上一个礼拜。"

小北冒着雨，沿着皇后大道往前走去，他先是去了那家熟悉的便当店，叫了两份干炒牛河。吃完两份干炒牛河之后，觉得肚子还空着一半，又要了一大碗云吞面。喝完最后一口汤，这才觉得身上有了力气，随后便回到龙虎山租住房里倒头便睡。这一觉足足睡了十二个钟头，醒来时天色已经微亮。小北坐起身来，才感觉到浑身疼痛，这是三天来在警察局里打架造成的。他试着站起身来活动一下四肢，基本无甚大碍。突然，小北从口袋里摸到陈警官给他的那张纸条，上面写着德叔公馆的地址。小北沉思片刻，打开背包从里面整理出一沓纸币，随后便出了门。

按照陈警官给的地址，小北在湾仔公园后街上找到德叔的公馆。这是一处极为幽静、隐蔽的处所，周围掩映着大片毛竹，竹林外还有几十棵高大的桉树，从外面无法看到树后还有一栋三层楼的住宅。小北敲打着厚重的包铜木门，木门上开了一个一尺见方的小孔，露出门房半张脸来。门房见小北面生，又没有跟德叔约见面时间，便将之拒于门外。小北之所以来见德叔，还钱是一个方面，主要是觉得德叔是香港有身份的人，没准儿可以帮他找到阿玉。就算是找不到阿玉，至少也可以找到易梅。陈镇和此刻肯定还在空军服役，照顾好易梅是他义不容辞的责任。小北站在门口正想再次敲门，一辆黑色轿车开了过来按了几声喇叭，包铜木门打开等着黑色轿车进入。

突然，轿车的门打开，阿武从车里钻出来，冲着小北问道："你是来找德叔吗？"

小北点点头。

阿武说："德叔正在吃早茶，你进客厅里等他吧。"

小北坐在客厅里候了有半个钟头，阿武才陪着德叔走进来。小北冲着德叔抱拳拱手，并再三称谢。德叔示意小北坐下说话，小北却从口袋里掏出一沓纸币来，说今天一是来向德叔表达感谢，二是前来还德叔为他支付的保释金。

德叔似乎有些意外，他点了点头，对小北说道："这点钱对我来说算不得什么，你还是留着吃饭吧。"

小北说："德叔能替我向警察求情和保释，已经是我的造化了，怎么还能让德叔替我交保释金呢。"

德叔不再接这个话题，他接过女佣人送来的茶杯，"嘘嘘"两口吹去水面上的浮茶，大概是觉得茶水太烫，没有直接喝茶，而是把茶杯轻轻放在旁边的茶几上。阿武在一旁朝着小北摆了摆手，示意他把钱收起来。小北无奈，只好把钱装进裤子口袋里。

德叔转过头来，问小北："日本人来侵略中国，你是个当兵的，怎么不去前线打仗却跑到香港来打架呀？"

小北坐了下来，把自己的从军经历大略讲了一番，包括如何前来香港找寻自己的未婚妻阿玉。

听完小北的讲述,德叔点了点头,说道:"杀过日本兵的中国男人,在我这里就是民族英雄,你若是没有别的打算,就在我的公司里落脚吧。公司里业务多人头多,在香港这个屁股大小的地方找到你的阿玉,也不算什么难事。"

一九四一年

一

香榭舍是一座新开的按摩店，店面开在万和里的小巷内，外观看上去不显眼，店里面却别有洞天。店里的进深从万和里一直绵延到泰来大道，少说也有五十间按摩房。香榭舍的姑娘年轻又漂亮，每天晚上前来按摩的客人络绎不绝，往日冷清的万和里顿时热闹起来，吸引来各色美食档口在万和里叫卖到深夜。

余伯庸是香榭舍的常客，在姑娘们那里有很好的口碑，一是出手大方，二是不难为姑娘。姑娘们遇到混账不讲理的客人发生争执时，余伯庸也会为姑娘们出头。出完头，平完事，余伯庸常常会带着姑娘们在万和里的档口消夜。读过书的姑娘们夸赞余伯庸是管仲再世、柳永重生。每到这个时候，余伯庸会亲一口姑娘的香腮，笑称自己既没有管仲的权力帮助姑娘，也没有柳永的才华成全姑娘，所以只能越发对姑娘们心疼和体贴。

余伯庸经常会带着一个叫哈德森的美国人到香榭舍，

哈德森是美国驻香港领事馆的外交人员，寻花问柳喝酒赌博样样在行，他跟余伯庸便是在赌桌上结识的。当时两个人全都输光了钱，便相约一同去了酒吧，俩人一边喝酒一边交流泡妞、赌博经验，彼此都觉得相见恨晚。当夜，余伯庸在当铺抵押了一块劳力士金表，从酒吧又转战到了香榭舍，各自唤来自己熟识的姑娘接着喝酒，一夜狂欢到天亮。

傍晚时分，余伯庸才醒来，发现搂着他呼呼大睡的竟是哈德森，两个女孩早就上钟接客了。余伯庸打一激灵，下意识地摸了自己屁股一把，发现没有异样才放心下来。余伯庸推醒哈德森，俩人草草梳洗一番，便离开香榭舍去吃夜宵。

吃完一份炒粉，余伯庸问哈德森想不想赚钱，哈德森说傻子才不想赚钱，他问余伯庸有什么赚钱门路，余伯庸让哈德森从领事馆开出一辆轿车，跟着他跑一趟广州，就能赚上两三千块钱。

哈德森也是见多识广的老江湖，他问余伯庸："你想利用美国领事馆的车运送什么东西？"

面对明白人不说假话，余伯庸回道："我有一批文物留在广州，想把它们运过来换点钱花。"

哈德森盘算一番，倒也没有太大风险，因为日本人不敢得罪美国人，此时的广州持有美国护照就是一道最好的护身符，何况他还是美国领事馆的外交人员。于是，哈德森便答应了余伯庸，只是把每一趟跑广州的酬劳要到五千块钱。余伯庸没有犹豫，当下就击掌成交。

第二天，哈德森从领事馆开出来一辆黑色福特轿车，接上余伯庸便开赴广州。福特轿车跑了整整一天，天黑时分才赶到广州。一路之上，凭借着哈德森的身份畅通无阻，只是日军增加了更多卡口，对来往车辆和行人严密盘查。广州城外的日军兵营也增加了好几处，哈德森深感忧虑，他觉得日本染指香港只是时间问题。根据各方情报来看，日军最近往广州增派了两万多兵员。落实广州日军增援人数，也是哈德森此行的目的。

余伯庸指挥哈德森七拐八绕，把福特轿车开进沙面，在一栋哥特式建筑前停下来。余伯庸示意哈德森关闭车灯，他开门下车左右探察，然后就消失在一丛芭蕉树后面。不多时，余伯庸打开铁栅栏门，摆手让哈德森把车开进院子。

哈德森走下车来，余伯庸递给他一个手电筒，两个人一前一后走进房子。哈德森很是奇怪，因为这栋大房子没有一个房间亮灯，说明已经无人居住，但是余伯庸却有房子的钥匙。以哈德森对余伯庸的了解，他没有实力在广州沙面拥有这么大一栋房子。哈德森跟在余伯庸身后，进门后，他用手电筒四处照了一下，发现房子里面的陈设非常奢华，家具和壁炉都很考究，所有窗户上的窗帘拉得严严实实。余伯庸径直走上楼梯，还不忘回头叮嘱哈德森，让他不要用手电筒照窗户。哈德森上到二楼，看到余伯庸正在用钥匙开一个房间的门。哈德森隐隐觉得不安，他掏出一把勃朗宁手枪，轻轻将子弹上膛。

余伯庸已经打开房门，对哈德森笑道："不用担心，这里没有人。"

哈德森问道："这是谁的房子？"

余伯庸回道："一个瑞典商人的房子，日本鬼子进来之前，我刚刚给他支付了一大笔货款，他便卷着我的钱跑了，我只能把这栋房子据为己有了。"

走进房间，哈德森看到几十个打包好的木箱子，余伯庸示意他一起来抬木箱子。

哈德森问道:"箱子里面装的是什么?"

余伯庸道:"瑞典商人是个收藏家,他回欧洲的时候没来得及带走全部藏品,我得把他剩下这些东西变卖了,折成我的货款。"

哈德森又问道:"你问瑞典人买的是什么货?"

余伯庸道:"战争时期倒卖什么货最赚钱?"

哈德森不假思索地说:"军火。"

接下来的三个月时间,哈德森陪着余伯庸前后跑了十趟广州,运回香港一大批珍贵的古玩藏品。哈德森觉得自己有些亏,因为他之前不知道余伯庸运送的是古玩,便要求提高每一趟的酬劳。

余伯庸没说给,也没说不给,而是把话题岔开道:"咱们俩是好朋友,不要计较这点小钱,我接下来要跟你做一笔大生意,保你赚到盆满钵满。"

第十趟从广州返回香港时,在出广州城的卡口上,日军士兵没有放行哈德森和余伯庸,并把福特轿车上的所有木箱子拆开检查。哈德森很是恼火，他在卡口上的日军办公室给驻香港的美国领事馆打电话，让美国领事与日本驻香港领事馆进行交涉。一个小时后，一位日本军官开车来到卡口，不仅没收了文物古玩，还以刺探日军情报为由把哈德森和余伯庸抓了起来。

余伯庸和哈德森被分别关押在单独的房间里，前前后后被审讯了两天。第三天上午，日军释放了两个人，只是把他们携带的文物古玩以及哈德森的勃朗宁手枪没收了。

两个人开空车返回香港的途中，余伯庸狠狠地骂道："小日本鬼子看来真要对香港下手了。"

哈德森不无担忧地说："他们的野心远不止于香港，我担心他们的下一个目标是美国。"

二

潮悦轩是湾仔一带做粤式早茶最好的店，三年前就把附近两家早茶店逼得改行，一家改成川菜馆，一家改成专治不孕不育的医院。

每天上午十点，小北会带着跟班阿川和蒲生准时走进潮悦轩吃早茶，他吃早茶的位子是固定的，在潮悦轩二楼临窗位置，正好看得见维多利亚湾。小北的屁股刚刚落到椅子上，服务生就把他喜欢喝的马头岩肉桂倒进杯子。酱红色茶汤在雪白的瓷杯里还打着漩，阿川就把茶杯递进小北手上。小北在潮悦轩吃早茶是不花钱的，只需阿川签一下单，因为潮悦轩是德叔开的店。

三年来，小北落脚在德叔的公司，帮着公司打理一些生意。德叔让小北负责三家赌场的安全。三家赌场，一家在九龙，两家在港岛，小北需要两头兼顾。今年以来，德叔的产业越做越大，在公司管理方面做了很多改进，把此前的行业垂直管理改为片区统一管理。小北便不用再在港岛和九龙之间奔波了，而是只负责港岛的两家赌场和三家按摩店。早在两年前，小北便在自己管辖的港岛赌场里遇见了余伯庸。得知小北如今的角色，余伯庸大喜过望，因为他认识一个老千高手住在新界。第三天，余伯庸便把老千带进赌场，赌局开到半夜，老千已经赢了三万多块钱。老千给余伯庸递了眼色，示意要收手溜号。余伯庸却是不肯，因为他知道这家赌场有小北罩着，就算是做千被抓住也不会拿他怎么样。所以，余伯庸把老千按在赌桌上，让他尽管放开手大干一场。这张赌桌一家通吃，早就引起看场子的注意，随后便把电话打到小北那里。半个小时后，小北带着阿川和蒲生走进赌场，当他看到老千背后站着余伯庸的时候，心里便明白了是怎么回事，因为余伯庸是一个什么钱都敢赚的货色。小北一句话没说，挥了挥手让阿川和蒲生公事公办，把余伯庸和老千关进赌场的地下室。余伯庸和老千在赌场地下室被关了一天一夜，没有给一口吃的，也没有给一口喝的。

第二天半夜时分，小北和阿川带着四个壮汉走进地下室，小北对余伯庸说："行有行规，你们犯了赌场最大的忌讳，我只能秉公办事。"

说罢，两个壮汉走到余伯庸跟前，将一条麻袋兜头罩了下来。

余伯庸顿时惊慌起来，高声骂道："小北，小北，你不是人养的玩意儿，一点儿旧情不念，你忘了自己是怎么来香港的了，如果不是老子帮你，你早就被日本鬼子干死了……"

小北对手下壮汉吩咐道："给他把嘴堵上，按照老规矩办，送去老虎崖沉海。"

闻听要送老虎崖沉海，余伯庸一着急眼泪流出来了，他高声骂道："操你妈小北，就算是让老子去死，你都要让我做饿死鬼……"

嘴巴被塞上之后，余伯庸"扑通"一声跪了下来，对着小北连连磕头。小北看都不看，扭头出了地下室，开上福特车扬长而去，一辆装着余伯庸和老千的厢式货车紧随其后。一刻钟后，两辆车子开到老虎崖。余伯庸和老千大概都听到海浪的声音，两个人因恐惧喉咙里发出一阵阵怪异的响声。

小北冲着麻袋里的余伯庸说道："念在我们相识一场，给你留一个全尸。"

随后，小北又吩咐手下道："使点儿劲儿扔远一点儿，别磕到礁石上。"

壮汉们应声，喊着号子抬起两个麻袋来，前后荡悠两下，第三下便奋力扔下老虎崖。

办完这件事之后，小北的名声便在公司里散播开来，上上下下都知道他是一个做事不徇私情的狠主。德叔也拿小北的手段说事儿，让手下的管理层以小北为楷模，堂堂正正做人，铁面无私公干。

在德叔的公司里，小北挣足了钱也挣够了体面，他觉得活到此刻才算是扬眉吐气。春风得意之余，小北最为苦恼的是依旧没有阿玉的消息。三年来，他四下托人几乎找寻遍了全香港，阿玉还是音信全无。小北还找来最好的画师，根据他的口述为阿玉画像，然后让手下的兄弟们拿着画像到处打探。

小北在接手了德叔在港岛的三家按摩店后，因为要熟悉全新的业务，较之先前忙碌了很多。小北所谓的接手仅仅是负责安全，跟先前看护赌场是同样的性质，至于赌场和按摩店的经营管理则有专门的人负责。但是赌场和按摩店的性质不同，每家店所处位置，归哪个警察警察局管辖，辖区内有哪些需要提防的帮派等等，都需要小北与先前看场子的人做交接。三家按摩店交接用了一个礼拜时间，小北逐渐摸清了门道。按摩店就是色情交易场所，因为卖淫嫖娼在香港是违法的，所以才伪装成按摩店。即便是伪装成按摩店,警察也是心知肚明,这三家按摩店之所以能开下去,全是因为陈督察在背后撑腰。陈督察也就是三年前抓捕小北的陈警官,如今已经升迁至督察,恰好管辖港岛的北区。

这天上午十点整,小北带着阿川准时走进潮悦轩,两个人刚刚坐定,蒲生便大步跑上楼来,给小北和阿川问早安。

阿川问蒲生:"你着凉好了吗?"

蒲生笑着回道:"吃了发汗药,睡了两天全好了。"

蒲生转头对小北说道:"北哥,香榭舍有一个姑娘,我觉得样貌挺像阿玉。"

小北正在剥荷叶鸡,头也不抬地说道:"两年多来,你们给我找到'挺像阿玉'的姑娘不下三四十人吧,现在倒是好,都找到窑子里了。"

三

被扔下老虎崖时,余伯庸在麻袋里长叹一声,此生的三十多年在脑子里迅速过了一遍,禁不住流下两行热泪。

他脑子里曾经设想过无数种死法,在家乡的雪野里死去、在了尘的怀里死去、在塞纳河左岸的咖啡馆里死去、在日本人的屠刀下死去……可是,余伯庸怎么也没有想到会被小北装麻袋扔进海里淹死。余伯庸的人生电影在脑海里还没有走完,便"扑通"一声跌入老虎牙的海水里。他左右踢腾着麻袋拼命挣扎几下,就在他打算放弃时,突然觉得麻袋上面一紧,整个身体便浮出海面。接着,麻袋口被打开,一个身材壮硕的男人割开余伯庸和他的老千兄弟的绑绳。老千嘴里不住声地诚谢,余伯庸问那个壮硕男人尊姓大名,说是要答谢救命之恩。那个人把绳子扔掉,说要谢就谢北哥,是北哥派他在此候着解救他们俩的。那个壮硕男人临走时还叮嘱余伯庸,以后不要再在北哥的赌场里露面。

死里逃生的余伯庸惊魂未定,便跑到铜锣湾大坑村马球场,找李惠堂告状。

原来,战事一起,中华足球队的将士们纷纷挂靴从戎。李惠堂本来也想应征参军,但是其父年事已高,几番写信并派人来催促他回香港,执掌父亲的家族产业。秉承孝为先的李惠堂带着廖月英回到香港，在大坑村马球场边上的一栋豪宅里，儿子从父亲手中接过盛辉公司的全部经营决策权。那一刻，李惠堂看到父亲脸上流下两行浊泪。

李父颤巍巍地站起身来，居然碰翻了茶几上的盖碗茶，他慨叹道："这份家业本该在二十年前交由你来掌管，可你一心只想踢球，无暇顾及经营之道，人各有志，为父不得不接着操持公司事务。然而，世道变更太快，为父思想守旧跟不上形势变化，二十年来把一份偌大产业越做越小，如今盛辉公司已是负债经营，吾儿如不尽快撑起门面，倒闭破产恐怕就在眼前了……"

接下来，李惠堂便把所有心思放在盛辉公司的经营上，每日里起早贪黑，大小账目都亲自过问。怎奈术业有专攻，经商营业的确不是李惠堂所擅长，历经一年下来，盛辉公司不仅没有起色，还被银行堵门催账。李惠堂自觉经商比踢足球难多了，他苦思冥想的几个决策全都碰壁。细细捋顺一番，李惠堂觉得盛辉公司的几位元老级人物应该尽快退出决策层，他们几个人跟随李父一起创业走过来的，李父念他们苦劳大过功劳，任其执掌盛辉公司各大部门。在李惠堂接管盛辉公司后，这些元老们更是倚老卖老，导致很多决策在执行时走了样。在征得父亲同意之后，李惠堂分头找几位元老谈话，许以丰厚待遇让他们退休。几位元老虽有不满，但碍于少东家的决绝，也只好知难而退。在盛辉公司的中层里，李惠堂物色到一位人选，此人叫罗书恒，是他皇仁书院的学弟，还有过留学英国的经历，负责对欧贸易多年。李惠堂与罗书恒长谈一夜，决定由罗书恒出任盛辉公司总经理，掌管全面经营。

半年过后，盛辉公司的局面止住颓势慢慢有了起色，但也仅限于维持和生存。因为战争缘故，公司的正常贸易已经无法进行，盛辉能够不倒闭破产已属万幸。李惠堂成了甩手掌柜，他也乐得赋闲踢球，半年来一直在他的母队南华俱乐部进行训练。

一日，李惠堂正带着南华俱乐部青年队训练，罗书恒突然急色匆匆赶来，说是有一船物资被英国海关扣留，希望李惠堂利用他在香港社会的影响力出面通融。李惠堂问是什么货物，罗书恒说是英国的煤油和机床。李惠堂说，这些都是正常可以通关的货物，海关为什么要扣留？

罗书恒嗫嚅道："一家瑞典的公司托运了几只箱子,说是纺织机,结果被查出来是枪支弹药。"

李惠堂问道："香港的货主是谁?"

罗书恒说："是一个倒腾洋货的闲人,叫余伯庸。"

自此,余伯庸算是又跟李惠堂搭上了线。那次海关扣货事件,李惠堂找到他在皇仁书院的英国同学,疏通了海关的关系才得以放行。李惠堂质问余伯庸为什么倒卖军火,余伯庸说是要把军火运往内地支持抗日。李惠堂轻蔑一笑,他压根儿就不相信余伯庸有这样的觉悟境界。余伯庸属于雁过拔毛赚钱不要命的主儿,这一点,中华足球队尽人皆知。

余伯庸浑身上下湿淋淋地跑到铜锣湾大坑村马球场,向李惠堂哭诉自己差点被小北沉海淹死。

闻听小北到了香港,李惠堂略感诧异,他让女佣给余伯庸找来几件干净衣服换上,说道："我就知道你戒不了赌,小北如果想淹死你,你就活不到现在,你赶紧去把小北给我找来。"

四

见到李惠堂时，小北心里五味杂陈，这位昔日高不可攀的偶像如今两鬓已经夹杂着星星点点白发，三年时间仿佛老去十岁。小北学着香港惯有的社交礼节伸出右手，李惠堂却伸开双臂把他紧紧拥抱在怀里。小北心头一热，此生这是第二次有人拥抱他，第一次是陈镇和加入空军与他告别的时候。陈镇和当时也这样用力地拥抱着他，并在他耳边悄声说：不要放弃足球，一直踢下去。

李惠堂松开小北，易梅正好一步踏进客厅。对于小北，陈镇和和易梅就像哥哥和姐姐。易梅没有丝毫羞涩，上前抱住刚刚被李惠堂松开的小北。小北终于绷不住了，两行热泪涌出眼眶，弄湿了易梅的肩膀。余伯庸打着哈哈，招呼着大家坐下说话。一番寒暄、叙旧之后，易梅才知道那天在汇丰银行门口打架的是小北，而且小北还是为了她打的架。小北随即问易梅，有没有陈镇和的消息。易梅很是兴奋，说陈镇和现在开上她捐助的美式P-40战斗机，已经击落四架日本飞机，得到了政府授予的国光勋章。原来，易梅到香港之后就联络到李惠堂，她们每周都会在香港各地进行抗日募捐活动，把募集来的钱款全部捐给国民政府内务部用于中国抗日。易梅还在香港接了很多商业广告，广告所得用于购买美式P-40战斗机。截至目前，易梅的个人捐款已经购买了五架P-40战斗机，陈镇和驾驶的那架被其命名为"易梅号"。

小北闻听，也拿出自己的云麾勋章，还把自己参战以来的经历，以及江柳生壮烈牺牲的经过细细讲述一遍。得知江柳生牺牲，李惠堂、廖月英、易梅和余伯庸都很伤心，唏嘘不已。李惠堂找出一张江柳生的照片，摆放在贡龛上，点燃三炷香，带领大家一起向江柳生的遗照三鞠躬。

晚餐时分，小北准备告辞，说是公司最近又开了两个场子，工作有些繁忙。李惠堂脸色不悦，他让小北辞去那份不伦不类的工作，有时间可以去南华俱乐部教一教孩子们踢足球。小北没觉得自己做的事情有什么不体面，他如今拿着一份不菲的薪水，而且混上了跟班，在德叔那里说话也是有分量的人，岂肯轻易辞职。

小北对李惠堂敷衍道:"德叔的分公司遍及全香港,在那里工作找到阿玉的可能性大一些……"

李惠堂的脸色越来越难看,他把茶杯重重地放在茶几上,说道:"德叔长,德叔短,你去打听打听,德叔在香港是个什么角色。"

李惠堂转过头来,对余伯庸说:"你告诉他,德叔是做什么的!"

余伯庸嗫嚅道:"香港人谁不知道德叔,杀人越货的黑社会呗。"

眼见气氛紧张起来,易梅赶忙起身打圆场:"惠堂先生不要动气,立秋了会伤了身体。小北也有他的难处。德叔虽说不是正道上的人,但是没准儿真的能帮小北找到阿玉,到那时候小北自然还会回来踢球的。"

深夜时分,小北带着阿川和蒲生走出香榭舍的门口,他们刚刚处理完一起海运局一位官员与一个姑娘的纠缠撕扯。海运局的官员是一个变态的英国佬,他把刚刚抽完的烟斗扣在一个姑娘的乳头上,导致两个乳头全都烫伤起了水泡。英国佬仰仗着自己的官员地位，加上他与德叔是熟悉的朋友，态度十分蛮横，对小北根本不放在眼里。每回遇到类似事情，小北都是抱着息事宁人的做法，因为香榭舍里面的勾当见不了官也报不了警。受伤的姑娘叫阿善，看到泪眼婆娑的阿善时，小北禁不住心中一动，因为阿善竟与阿玉有几分相似。看到阿善疼痛的样子，小北让英国佬赔付阿善两千块钱了事。英国佬借着酒劲儿，压根儿不把小北的话放在心上，拎起他装烟斗的手袋扬长而去。小北带着阿川和蒲生紧随其后，待英国佬走出万和里巷子来到一处僻静地，小北冲上前去一脚踢倒英国佬，拔出随身携带的尖刀抵在他的咽喉处，威胁要把英国佬宰了扔进海里。英国佬叫嚣着，要把小北送进警察局。小北说趁着警察没来，先把英国佬扔下老虎崖喂鲨鱼。英国佬知道碰上了硬茬，极不情愿地掏出身上所有钱加一块劳力士手表交给小北。

待英国佬走后，阿川不无担心地问道："北哥，英国佬万一报警怎么办？"

小北冷冷一笑："在香港嫖娼是违法的，他是政府官员，咱们不敢报警，他更不敢报警。"

小北把钱塞给阿川，让他进去交给阿善，把劳力士手表则戴到自己手腕上。小北摆弄着手腕，欣赏着金光灿灿的劳力士表，问蒲生："你上回说香榭舍有一个姑娘长得像阿玉？"

此前，大概是为了讨好小北，手下的兄弟们经常传报来消息，说是在哪儿哪儿看到一个像阿玉的姑娘。小北总是闻风而动，生怕错过找回阿玉的机会，结果每回都是失望而归。三年来，小北几乎跑断了腿，足迹遍布全香港，那些所谓长得像阿玉的姑娘实际上跟阿玉相去甚远。随着失望次数增多，小北对这类消息已经不太放心上了，他甚至觉得阿玉已经死了，死在日本飞机的轰炸中。在他的生命里，与之亲近的女性总是不断地殒命，先是母亲的离去，接着是阿昭，现在又轮到阿玉。想到这些曾给予过他温暖的女人，小北就会黯然神伤，他借酒消愁过，也跟管辖的姑娘们放纵寻欢过，片刻的麻醉却始终摆脱不了绵长的思念。

蒲生说："是香榭舍这边一个兄弟说的，我看北哥不相信,第二天我就带着阿玉的画像来香榭舍比对,结果这边的兄弟说,德叔把那个姑娘转去了九龙那边的店。"

小北摘下劳力士手表,一边把玩一边品味着蒲生的话,似乎也没有太当回事儿。他把劳力士手表塞到蒲生手里,说是让他明天拿去典当行,把当来的钱交给阿善。

五

余伯庸给小北带来一个口信,是李惠堂让小北第二天跑一趟九龙,保护易梅在那里搞礼拜天抗日义卖活动。小北明白李惠堂的用意,因为香港的日本特务越来越多,他们已经开始明目张胆地干涉香港的社会公共事务。上一个礼拜天,李惠堂在香港足球会搞了一场抗日义赛,比赛踢到一半便遭遇日本特务纵火,烧死烧伤五六名香港球迷。

日本军队要侵占香港的消息越传越紧,香港总督杨慕琦虽然多次声明要与香港共存亡,可是香港的达官贵人们已经开始举家搬迁了,这些人带着高价换来的金条纷纷踏上开往美国的邮轮。余伯庸总是能瞅准赚钱的时机,并在第一时间出手。他通过美国驻香港领事馆的哈德森，帮助很多人拿到前往美国的签证，从中收取高昂的疏通费用。能够举家搬迁的都是有钱人，有钱人在香港大都有不菲的产业，这些不动产在临近战争期间变得不再值钱。余伯庸又把眼光瞄上富人们的豪宅，他要么以很低的价格收购，要么主动帮人代管。他在广州早就尝到了甜头，收拾一下富人豪宅里的字画古玩变卖，就能赚一大笔钱。通过哈德森透露给他的消息，日本军队侵占香港只是时间问题，一旦日本人登陆香港，代管的豪宅就由他支配了，最后大不了埋上一桶炸药把豪宅炸掉，房主们最终只能把账算到日本人头上，没有人会怪罪他。

一位南非航运商通过余伯庸办理好了美国签证，同时也把一栋意式豪宅托付给余伯庸代管。南非航运商前脚登船，余伯庸便带着哈德森给他介绍的美国收藏家进了意式豪宅，开始估价豪宅里的油画和古董。这时，豪宅里突然闯进一群人，连打带骂把余伯庸和美国收藏家赶了出去。从这群人的叫骂声中，余伯庸明白这群人也盯上了自己做的生意，惦记着逃离香港的富人豪宅。余伯庸灰头土脸找到小北，把自己被人欺负的过程讲述一遍，并请小北帮他出头。小北二话不说，带上阿川和蒲生跟着余伯庸便去了。一行人进了意式豪宅，发现先前那群人正在抢着搬东西，不仅是油画古董，连家具和窗帘都搬到院子里了。

小北一脚踩在意大利沙发上，问道："这里谁是主事的？"

小北话音未落，大方仔从屋里走了出来，笑道："人生何处不相逢，听说你小子跟着德叔混了？"

小北看到大方仔，也没有好脸色，挑衅地问道："没错，你是不是想认我做大哥了？"

大方仔嘿嘿冷笑一声："在香港，我大方仔与德叔向来井水不犯河水，他发他的财，我赚我的钱，见面互相称呼一声大哥……"

小北笑道："别他妈给自己戴高帽了，德叔都没听说过你这号货色的名字。"

随后，小北手指着余伯庸，对大方仔说道："这里的所有东西都是我朋友的，赶紧领着你的人滚蛋。"

大方仔也不示弱，说道："你要说这里的东西是德叔的，没准儿我还能给德叔个面子，要说是这个死胖子的，咳咳，我大方仔还就不认了。"

大方仔说完，双手一挥，手下十几号人全把东西撂地上，从腰间拔出尺寸不一的刀子来，把小北一行人围在中间。小北冷冷一笑，把手也从腰间掏出来，手中多了一把黝黑乌亮的手枪。紧接着，阿川和蒲生也掏出手枪，并把枪口瞄向大方仔的手下。眼见着再争执下去要吃亏，大方仔只好强忍火气，冲着手下一挥手，一拨人收起刀来转眼奔出院门。

自从有了小北撑腰，余伯庸胆子越发大了起来。即便是那些没有托付给他代管的豪宅，余伯庸也都不放过，只要判断业主离开了香港，他便带人直接砸开门锁，然后把豪宅里面值钱的东西卖给美国收藏家。余伯庸也深谙有钱大家赚的生财之道，他把赚来的钱三成分给哈德森，两成分给小北，自己独吞半数。余伯庸心里清楚，小北对赚钱没有执念，他到香港的主要目的是找到阿玉。兵荒马乱时期，像阿玉这么年轻貌美的女孩能够全头全尾活下来，那肯定是个奇迹。余伯庸时常劝解小北，说是日本人的飞机炸死很多广州城的老百姓，阿玉没准儿早就罹难。余伯庸还让小北物色一两个按摩女，他说忘记一个女人的最好办法就是再爱上一个女人。

第二天是礼拜天，小北担心自己不能按时赶回港岛，便让阿川留下看管几个场子，他和蒲生带着七八个人赶往码头。易梅与"抗日义卖团"的姐妹们早就候在码头，待小北抵达后，两拨人刚好坐满一艘小渡轮，随即开赴九龙。易梅向小北介绍当天义卖物品是明星海报，分别是身着旗袍装的胡蝶、身着飞行服的李霞卿、身着游泳衣的易梅，每张海报都有各自的亲笔签名。

九龙抗日义卖非常顺利，一上午在旺角卖掉半数海报。午餐在大排档一人一个便当，下午去新界继续进行抗日义卖。在新界的义卖也没有遇到任何阻力，眼看着太阳西坠，海报也被有爱国情怀的人尽数买走。易梅很是欣慰，正跟姐妹们计划着下个礼拜天的抗日义卖，突然从人群里冲出几个男人，这些人目标很是明确，直奔易梅而来。两个体格壮硕的男人架起易梅的胳膊，迅速奔向远处停放的一辆罩着篷布的货车。本已放松警惕的小北听见易梅的呼救声，随即率领一众手下追了上去。跑在最前面的小北很快追上易梅，他踢翻一个上来阻截的男人，接着又一脚踢中架着易梅左胳膊的壮硕男人。那个壮硕男人竟然不做丝毫停滞，只是回头瞅了一眼小北，继续架着易梅往前飞奔。小北岂肯让易梅遭遇不测，他从后腰拔出手枪，对着壮硕男人后背开了一枪，那名壮汉瞬间扑倒在地。剩下的另一人松开易梅，把手伸进后腰，不待他拔出枪来，小北便扣动扳机，一枪命中另一名壮汉的额头。小北上前扶起倒在地上的易梅，发现她已经被惊吓得脸色苍白，两只手死死抓住小北。

两声枪响过后，街头上的行人乱作一团。此时，从篷布货车里接连跳下七八个男人，全都提着南部十四手枪。小北知道当下的香港遍布日本特务，但是没想到他们敢明目张胆带着手枪抢人。小北和蒲生只有两把勃朗宁手枪，另外七个弟兄赤手空拳，不可能抵挡得住这群日本特务。小北让蒲生带着义卖团其他姐妹赶紧撤离，蒲生隔着老远喊了一嗓子，问小北往哪儿撤。

这时候，对面的特务已经举枪射击了，子弹呼啸着从耳畔飞过。

在枪声的间隙，小北冲着蒲生喊道："铜雀楼！"

六

铜雀楼是德叔的产业，也是九龙唯一一座声色场所，原先也归小北看管，所以他第一时间想到的躲藏场所就是铜雀楼。铜雀楼日常看场子的人手有十多个，而且还有电话可以报警。

此刻，天色已经完全暗了下来，小北和蒲生等人掩护着易梅和她的抗日义卖团的姐妹们，沿着柯士甸道两侧的骑楼撤退，身后不时有枪声响起，骑楼的立柱正好用来躲避子弹。小北观察一下地形，柯士甸道的下一个路口右拐便是松山道，松山道往前四五百米距离就是英国驻军营房，日本特务还没有胆量在英国兵营边上开枪。铜雀楼就在英国兵营旁边，德叔当初在这里开店，主要就是想赚英国佬的钱。小北叫过来一名腿脚利落的手下，让他先行跑去铜雀楼，一是让铜雀楼看场的人过来接应，二是打电话报警。

这名手下答应一声，沿着骑楼的立柱转眼跑得没影儿了。小北让其他手下护着易梅和义卖团的姐妹继续撤退，他和蒲生手里各有一把手枪，留下来断后。突然，小北觉得身后的枪声密集起来，叫喊吆喝声也不再全是日本话，而是夹杂着几个香港口音，且声音有些耳熟。待那个声音再度响起时，小北终于想起来了，这个人竟然是大方仔。

大方仔指挥着手下马仔为日本特务开路，他甚至了解小北的撤退路线是去铜雀楼。

大方仔喊道："兄弟们卖力呀，一定要在松山道路口截住他们！"

小北挥挥手，对着蒲生耳语几句，蒲生点点头，转身往松山道方向跑过去七八根立柱。

接着，小北则放开喉咙喊道："大方仔，你敢做汉奸，就不怕老子扒你家祖坟吗？"

小北话音刚落，五六十米开外的蒲生对着大方仔的方向"叭叭叭"连开三枪。趁着大方仔和日本特务躲避到骑楼立柱后面的空当儿，小北急忙往前蹿过五根立柱。躲避在立柱后面，小北已经能够听见大方仔喘气的声音。小北仔细辨别一下，大方仔似乎距离自己只有一根立柱的距离。

看到前方不再开枪，大方仔吆喝着手下率先往前冲。突然，脚下一绊，大方仔整个身体扑倒在地上，一把南部十四手枪甩出去老远。大方仔刚刚坐起身来，小北一脚踢中他的面门，脑壳重重地摔在青砖地上。小北上前一脚踏住大方仔的胸口，手枪对准他的右腿膝盖骨开了一枪，大方仔一声惨叫传遍整座骑楼长廊。随着大方仔的惨叫声，日本特务对着惨叫声传来的方向"砰砰叭叭"乱射一通。小北险些被子弹射中，他赶忙躲到骑楼立柱后面，朝着前方开枪还击。胆子稍大的日本特务已经逼近，小北已经听见脚步声，就在他再次举枪射击的时候，勃朗宁里已经没有子弹了。躺在地上的大方仔看到小北没了子弹，他顾不上疼痛，扯着嗓子喊叫起来，说小北没有子弹了。一瞬间，大方仔的手下和日本特务便围拢上来，四五把南部十四手枪指着小北，示意他举手投降。小北犹豫片刻之际，突然"叭叭叭"又一阵枪声响起，几名日本特务被击中后当即扑倒在地。此刻，警笛声和远处英国兵营的警报声接连响起。小北还在纳闷之时，几条黑影奔了过来，其中一个精瘦干练男人将两个弹匣塞进他的手中。

精瘦干练男人问道:"是勃朗宁吧?"

小北点点头:"谢谢,你们是……"

精瘦干练男人回道:"我们是东江纵队香港情报站的,警察来了,你赶紧撤吧。"

说完,精瘦干练男人跟几个同伙迅速隐入夹道里,不见了踪影。小北来不及细想,沿着骑楼走廊往前狂奔而去。在柯士甸道和松山道的交叉口处,小北遇到铜雀楼看场子的兄弟们,众人簇拥着小北转眼间撤进铜雀楼。

易梅等人早已进了铜雀楼,此刻看到小北安然无恙回来,悬着多时的心才放下来。抗日义卖团的姐妹尽数安全,只有小北手下一个兄弟肩膀受了枪伤,铜雀楼的马老板已经请来医生为其医治。众人惊魂稍定,马老板在二楼贵宾室安排好夜宵,请小北和易梅等人移步上楼去贵宾室歇息。小北对易梅甚是恭敬,一直侧立在易梅身旁,引导着她上二楼。

突然,二楼上传来一阵粗暴的喝骂声,一个中年男人捂着半边脸出现在楼梯口,嘴里骂道:"马老板,你让我大老远跑到九龙来破雏儿,你的雏儿倒好,给我破了相,你他妈开的是黑店呀!"

马老板立刻撇开小北,三步并作两步上了二楼,一边爬楼一边掏出一块雪白的丝帕,赶忙按在肥胖男人的头上帮他止血。

马老板嘴里不住声地道歉:"陈督察、陈督察,对不住啊,这匹烈马确实是个雏儿,我养了多半年,就是想孝敬陈督察啊,可是谁承想这姑娘的野性冥顽不化,唉呀呀……你说算是什么事儿呀。"

眼看着捅了大娄子,马老板回头对看场子的手下叫喊道:"去把阿玉捆起来,吊旗杆!"

陈督察继续骂骂咧咧道:"老拿一些烂货色充当雏儿蒙骗老子,这一回我差点信你了,她就给老子破了相……"

听到"阿玉"的名字,小北心头一凛,他把易梅和义卖团的姐妹们送进贵宾室,转头对马老板说:"带我去看看这个阿玉姑娘。"

蒲生紧随其后,对小北说:"这个阿玉没准儿就是香榭舍的姑娘,因为她老不接客,经常被吊旗杆。"

小北一声不吭,跟着看场子的人走进阿玉的"香房"。

七

  香房里的光线有些昏暗，玄关处一盏不超过十瓦的灯泡泛着悠悠的红色弱光。玄关的走廊很短，往前迈两步就能看清楚整个房间，床头上的欧式烛台燃着几根调节气氛的蜡烛。借着闪烁不定的烛光，小北看到一间零乱的香房，香房大床上蜷缩着一个一丝不挂的女孩，她双手握着一把剪刀，身体不住地抖动着。小北抢先一步，伸出左手正要撩开女孩的头发，女孩却挥起手中的剪刀刺向小北伸过来的手臂。小北没有躲闪，而是探出右手抓住女孩持剪刀的手腕，待他把女孩的长发撩开时竟愣在床前，这个女孩竟然真的是他朝思暮想的阿玉。小北瞬间感觉到血液涌上头来，他的头和耳朵"嗡嗡"作响，大脑一片空白。蒲生盯着小北的脸色，他脸上的神情已经给了答案。蒲生赶紧扯起染着血迹的床单罩在阿玉身上，阿玉出于本能反应，双手举起剪刀又刺向蒲生。幸亏蒲生反应敏捷，一把夺下阿玉手里的剪刀扔在地上。剪刀落地"当啷"一声响，把惊愕中的小北唤醒，他弯下腰身捡起地上的剪刀。随后，他抱起裹着床单的阿玉转身走出房间。挣扎的阿玉突然仰起脸，待他认出抱她的人是小北后，她突然"啊哦"一声号叫出来。阿玉的哭声像是从胸腔里迸发出来的，尖锐、悠长且凄厉，其中饱含着委屈、心酸和不甘，一声声刺透小北的心，他把阿玉抱得更紧了。小北低下头依偎在阿玉的脸庞，轻声地对她说道："阿玉别怕，以后再也不会有人伤害你了……"

小北走进贵宾室，把怀里的阿玉交给易梅，转头对蒲生吩咐道："你带上大家离开这里，去码头等我。"

蒲生从小北的眼神里看到一股煞气，心知不妙："北哥，咱们先回港岛，从长计议……"

小北冷冷地说："滚开！"

蒲生一把抓住小北的胳膊，说道："这是德叔的地盘呀！"

小北甩开蒲生的胳膊，就在他要跨出贵宾室门口时，马老板一步闯了进来。马老板尚未开口，小北一把卡住马老板的脖子，另一只手掏出剪刀抵在马老板的喉咙处，喝问道："是谁把阿玉从香榭舍转到铜雀楼的？"

看到小北目露凶光，马老板顿时吓得脸色惨白，颤抖着说道："是……是阿川，阿川也是好意，因为阿玉在香榭舍就……就已经被破雏了，他怕北哥伤心，就禀报给德叔……德叔便把人送……送到我这里了。"

听到此处，小北握着剪刀的手臂一挥，一股血线喷射而出，吓得屋里的女人们齐声发出一声尖叫。小北随手一推，马老板的身体从铺着地毯的楼梯滚下楼去。

小北回过头来，对着蒲生和易梅喊道："快走！"

蒲生无奈，只得催促着众人下楼。小北最后一个步下楼梯，他一步跨过马老板的尸体，目送着蒲生和易梅出了铜雀楼的大门。随后，小北便走进一楼的酒柜，抓起酒柜里的烈性酒一瓶一瓶摔在地板上。铜雀楼十几个看场子的人一时间不知所措，因为他们全都知道小北是德叔手下的红人，也曾经总管过铜雀楼的看护。

小北一边摔着酒瓶，一边冲着看场子的伙计喊道："去把姑娘们叫出来，全都叫出来！"

看场子的伙计们仍在犹豫，不知道该不该听从小北的吩咐。

小北对他们说道："今天晚上铜雀楼的事儿与你们无关，你们只管把姑娘们清走，五分钟后我就一把火烧了铜雀楼，如果烧死一个姑娘，你们看场子的就背上一条人命。"

看场子的伙计们听小北这么说，这才四散而去，一路吆喝着清场。此刻，脸上缠着绷带的陈督察刚好从一楼的休息室走出来，看到马老板满脸是血躺在楼梯口一动不动，顿感出了大事。就在陈督察伸手掏枪之际，小北已经把枪对准他的脑袋。陈督察跟小北早已熟识，他压根儿想不明白小北为什么会用枪指着他的脑袋。就在他要呵斥小北的时候，嘴巴尚未张开，小北的枪已经响了。陈督察刚刚包裹好的脑袋再次开了花，仰面倒在马老板身边，至死都不明白小北怎么会对他开枪。

小北一手提着手枪，一手继续摔砸酒瓶，整个铜雀楼弥漫着酒气。姑娘们从楼上楼下各个房间里拥了出来，一个个全都是衣衫不整披头散发，有的还赤着脚踩上碎酒瓶子，疼得哭爹喊娘号叫起来。更有蒙头转向的嫖客，嘴里面喋喋不休叫骂着要去退钱。待他们看到两具尸体躺倒在楼梯口的时候，即刻闭住嘴巴连蹿带跳奔出铜雀楼的大门。

看见最后一名看场子的伙计出门后,小北拿起吧台上一根蜡烛扔在地上,火苗顿时蹿了起来。

等到小北走出铜雀楼大门时,身后已经变成一片火海。

八

美国收藏家们已经撤离香港,余伯庸巧取豪夺来的古董油画一时间没有了主顾。余伯庸不得不找哈德森,让他再介绍个美国买主。介绍也不是白介绍,余伯庸给哈德森送了一件莫奈的《干草堆》油画,这是莫奈《干草堆》系列之一,属于法国印象主义画派的经典名作。没想到的是,哈德森对《干草堆》没有丝毫兴趣,他一直皱着眉头,深邃的眼窝里闪烁着忧虑的光泽。余伯庸以为是哈德森不了解《干草堆》系列的价值,便滔滔不绝地讲起莫奈这组油画作品创作于家乡法国吉维尼,每天如何在同一个位置和角度用颜色来展现太阳光线的明暗变化……余伯庸一直讲到两个嘴角泛白沫,哈德森仍旧不为《干草堆》所动。余伯庸无奈,他又从公文包里掏出一只拳头大小的锦盒,打开锦盒之后双手捧到哈德森眼前，这是一颗玉米粒大小的钻石，璀璨闪烁中泛着粉色亮光。余伯庸用手推了一把哈德森，说这是一颗价值连城的南非粉钻，让哈德森将来送给自己的未婚妻。

哈德森瞥一眼锦盒里的粉钻，轻蔑的眼神里露出几分不屑："你在侮辱我的智商，有钱人逃离香港带不走油画倒是真的，带不走钻石又是什么道理呢？"

余伯庸脸上红一阵白一阵，解释道："富人豪宅里都有一个藏宝洞，藏在里面的东西都是价值连城的好玩意儿，以备不时之需，我这些年来翻遍了广州香港上百栋豪宅，打上眼一瞧就能找到这些藏宝洞，这颗粉钻就是在一栋西班牙豪宅的藏宝洞里找到的。"

哈德森似乎压根儿就没有听余伯庸的解释，他像是在自言自语："一旦发生战争，再名贵的钻石都会变成狗屎，日本真的有可能对美国动手……"

余伯庸突然哈哈大笑起来："你真是杞人忧天，日本人就算是昏了头也不敢动美国一根汗毛。"

哈德森摇了摇头，说道："日本人或许是真的昏了头，因为战争机器一旦开动便不再受理智支配。"

余伯庸合上锦盒，塞进哈德森手中，对他非常真诚地说道："你们美国间谍跟中国大夫很相像，中国大夫会故意夸大病人病情，治死了，理所当然，治好了，病人就会对大夫感恩戴德。"

哈德森似乎没有明白余伯庸的比喻，他问道："美国间谍怎么跟中国医生相像了？"

余伯庸说："美国间谍同样会夸张美国受到的威胁，威胁没有发生，是间谍付出了努力，威胁一旦发生，是间谍高瞻远瞩。"

哈德森喝掉杯子里的威士忌酒，把身边两位陪酒女郎打发走，对余伯庸悄声说道："我有个办法，能帮你卖掉手里的古董。"

余伯庸纠正道："哪一笔收成没有你的份儿？所以，这是咱俩手里的古董，快说说你的办法。"

哈德森说："日本人在铜锣湾开的正和商行正在收购文物，你可以把货卖给他们。"

余伯庸面露难色："这个时候跟日本人做生意，我余某人岂不成了汉奸？"

哈德森说:"你说这是咱俩的古董,那你就不是汉奸,而是在替美国人跟日本人做生意。"

余伯庸点点头,笑道:"那我就坦然多了。"

哈德森笑着说:"你这种做法正应了你们中国一句俚语。"

余伯庸问道:"你能懂什么中国俚语?"

哈德森说:"既想当婊子又想立牌坊。"

冬天的香港原本不冷,但是有北风的时候就不一样了,越过整个中国内地的西伯利亚寒流裹挟着战争的硝烟,抵达港岛时依然让人觉得生冷刺骨。凌晨被冻醒的香港人赶忙找出自己为数不多的厚实衣服,这些衣服往往一年两年都穿不上一回,但1941年的冬天着实不一样。

余伯庸和哈德森从正和商行出来时,天色已经擦黑,两个人不约而同地竖起风衣的衣领子,一股冷风吹来,两个人赶紧钻进福特轿车里。经过哈德森引荐,余伯庸源源不断地把他通过各种手段搜刮来的古董字画卖给日本人。每次来正和商行送货验货,哈德森都会亲自陪同。哈德森知道正和商行是日本的特务机构,就像日本特务知道哈德森是美国间谍一样，彼此心知肚明地做着不相干的生意。余伯庸也知道买卖双方的间谍身份，他们心不在焉地相互试探摸底，正好方便了自己浑水摸鱼漫天要价。

哈德森刚刚启动福特轿车引擎，车门便被人"嘭"的一声打开，一个头戴低檐鸭舌帽的男人随即钻进轿车。余伯庸和哈德森吃惊的同时，已经分别摸到腰间的手枪。

鸭舌帽男人迅速出手，按住余伯庸和哈德森的肩膀，说道："我是小北。"

余伯庸长舒一口气："我还以为你被德叔暗杀了，这些日子你躲到哪里去了？"

小北眼睛瞟着车窗外，说道："德叔正在找我，我藏身的窝点很快就会暴露，你得帮我寻一处地方，让我躲避一阵儿。"

余伯庸说："德叔不是找你，是要宰了你，铜雀楼是他最赚钱的场子，你一把火给他烧了个干净。现在香港警察通缉你，德叔要宰了你，大方仔的手下也在四处打听你，香港这么小的地方，你说哪里安全？"

小北叹口气，说道："活一时算一时吧，等我把阿玉安顿好，就去武汉抗日打鬼子去。"

哈德森吐出一口浓烟，说道："用不了多久，你在香港就能抗日打鬼子了。"

小北不无担忧地问道："香港也保不住了吗？"

哈德森没有回复小北，他摇下车玻璃窗，对着车窗外又喷出一口浓烟。

余伯庸扭转过半个头来，对小北说："弥勒山有一座法国人的住宅叫圣蓝湖，位置很是隐蔽，你跟阿玉去那里躲一段时间吧。"

小北说："我现在无法出门，到处都贴着我的通缉令，你得开车把我和阿玉送过去。"

余伯庸点点头："我和哈德森今天晚上还有要事，明天送你和阿玉去弥勒山。"

九

每回把沉重的古董字画搬上搬下，余伯庸都累得够呛，他一直想物色一个信得过的跟班。自从把小北和阿玉安排住进弥勒山的圣蓝湖之后,小北便成了余伯庸的跟班搬运工,一起往正和商行倒卖古董。小北起初不肯做,他觉得跟日本人做生意就是汉奸行为。余伯庸大义凛然地告诉小北,他每回冒着生命危险把古董送进正和商行,都是为了配合哈德森从日本人那里获取情报。小北原本是不会相信这番说辞的,他觉得余伯庸就是一个赚钱没有底线的奸商,包括赚日本人的钱。但是,余伯庸冒着极大风险帮他和阿玉找到安全的藏身地,使得小北对余伯庸多了几分信任,他们毕竟是同一支足球队厮混多年的兄弟。再说了,会赚钱、能赚钱也不是坏事,当年如果不是余伯庸想办法赚钱,中华足球队也许就错过去柏林参加奥运会了。

小北说哈德森窃取日本人的情报跟中国人无关,他问余伯庸为什么要冒这个险,余伯庸又把第二次世界大战以来的同盟国和轴心国两派阵容讲了一遍,还说哈德森在香港窃取日本人的军事情报,就是在帮助中国人抗日。

看到小北还在犹疑,余伯庸进一步游说道:"我们配合哈德森做事,就等于有美国人为我们撑腰,香港警察和德叔就得顾忌三分,你现在最需要傍上一个有实力的后台,就算不是为自己也得为阿玉着想吧。"

一说到阿玉，小北的心便软了下来。自从跟随母亲逃难离开家乡，与之亲近的人一个接一个离去，先是母亲，接着是阿昭，后来是江柳生、陈镇和和阿玉，凡是能够给予他温暖的人都一一弃他而去。如今，阿玉失而复得回到身边，他必须努力地保护好她。

为了阿玉的周全，小北只好选择相信余伯庸。自此，余伯庸变身为甩手掌柜，小北也由德叔身边的红人变成余伯庸的跟班兼搬运工。

进入12月份，香港的气氛愈发紧张起来，市面上的粮食和日用品天天涨价，许多临街店铺已经关张。铜锣湾最火的成记腊味煲仔饭也歇业关门了，还把玻璃橱窗里悬挂的腊肉、腊肠、腊鸭、腊鸽全都收起来了，那可是成记吸引顾客的腊味招牌。往日里，那些滴着油汁黑亮泛黄的腊货，老远就能吊起食客们的胃口。往昔热闹的铜锣湾变得无比冷清，几乎看不到几个洋人的身影，大街上行色匆匆的亚裔面孔大都罩着几分峻冷，他们像是恢复了原始本能的动物一样，似乎已经嗅出空气里掺杂的肃杀和灾难。

余伯庸接到哈德森的电话，让他抓紧时间准备一批货真价实的古董，今天必须去一趟正和商行。余伯庸说前天送去一批货还没结账，现在巴巴儿地再送一批不合乎规矩。哈德森不容余伯庸推托，让他必须抓紧时间备好古董，一个小时后装车去正和商行。余伯庸没有答应，他说做艺术品交易不能压货，会给对方制造砍价的空间。电话那头的哈德森已经不耐烦了，痛骂一通余伯庸是个无耻的贼，把没有任何成本偷来的东西说成艺术品交易，还威胁要把余伯庸送去警察局。听见哈德森真动了气，余伯庸不敢再讨价还价，急忙带着小北备货、装箱。

自从有了小北这个不花钱的搬运工，余伯庸把香港几处豪宅里的藏品全都搬运到了弥勒山的圣蓝湖，不仅可以集中管理古董文玩，还有小北和阿玉帮他看护。余伯庸倒腾古董赚钱之后，也买了一辆奔驰轿车，车主是一位全家搬迁去美国的英国商人。虽说是一辆二手车，但是性能和舒适程度高于哈德森的福特轿车。

在小北精心护理下，阿玉的精神状态逐渐见好，她已经不似先前那般惊魂不定、整日里哭啼。自从日本飞机在广州投下第一颗炸弹，阿玉便跟随父亲迁移到了香港，章老板还花费重金买下一栋房子栖身。父女两人搬进新买的房子不到半个月，便遇到有人上门收保护费，领头收保护费的人正是大方仔。大方仔原本就是一个街痞混混，当他发现大批大陆难民拥进香港避难，便打起从难民身上捞钱的歪主意。初来香港的章老板父女人生地不熟，章老板本着息事宁人的想法，想着掏一些小钱打发大方仔。章老板进屋取钱的时候，没料到大方仔也跟了进来，而且被他发现装钱的木匣子里有七八根小金条。这些钱是章老板打拼一辈子积攒下的，原本是为阿玉准备嫁妆和自己养老之用。大方仔看到金条后便生出抢夺歹意，双方撕扯中，大方仔一个手下一刀抹了章老板的脖子。阿玉在楼上听到争吵声，奔下楼来看到父亲已经倒在血泊中，她惊呼着扑上前去抱住父亲，章老板却一个字都没说出来就咽了气。阿玉使劲按住父亲汩汩流血的脖子，感觉天塌下来一样昏暗，当场晕死过去。

等到阿玉醒转过来时，发现自己赤身裸体躺在床上，下体针刺一般疼痛。阿玉明白发生了什么，她艰难地并拢起双腿蜷缩在床上，想起楼下还躺着父亲的尸体，阿玉再次晕厥过去。第二天早晨，阿玉出了家门前往警察局报案。警察勘查现场并做了记录，随后还帮阿玉处理了章老板的后事。此后，阿玉几乎每天都跑一趟警察局，询问杀害父亲的歹徒抓到没有。警察说最近类似恶性案件很多，至少有三个帮派的人参与了针对内地难民的抢劫袭击，已经有十一人被劫匪杀害，他们根本忙不过来。

回到家中的阿玉也是度日如年，想到惨死的父亲，阿玉便止不住悲恸。每天晚上她都不敢入睡，要反反复复查看十几遍门锁，甚至不敢靠近窗户。即便是睡着了，洗手间的水滴声都可以把她惊醒。醒来时，要么是一身冷汗，要么是浑身战栗，接下来便再也不敢合眼，一直坐在床上等着天亮。

在那些煎熬的日子里，阿玉发癫似的思念小北，盼望着小北能够突然出现在自己眼前。有时候，阿玉还会在嘴里不断地念叨着"小北小北小北"，期待着小北能够听到自己的呼唤。念叨小北的名字时，眼泪会不知不觉流下来，直到鼻腔里也涌满泪水喘不上气来。离开广州的时候，阿玉写了好几张纸条粘贴在得月斋各处，告诉小北自己和父亲去了香港。后来，她听说广州城被日本飞机炸烂了，小北就算是回到广州想必也看不见自己留下的纸条。

时间稍久，阿玉身上的钱花没了，她不得不为生计考虑。先是典当一些金银首饰物品，勉强过活一阵子。等到阿玉想卖掉这栋房子的时候，香港的房子已经找不到接手的下家了。于是，阿玉想出去打工，因为她曾经在得月斋端过盘子洗过碗，还颇受老顾客们赞赏。也许是阿玉走了背字，她误把香榭舍当成一家粤菜馆，进去之后就再没出来过……

十

余伯庸翻看着木箱上的标记牌，指挥着小北装车。这些古董按照品相等级一一编号装箱，既然哈德森要一批上等货色，余伯庸自然不敢怠慢，挑选的都是一流的艺术品古董，其中包括唐寅和文徵明的两幅字画，一根17世纪英国查理二世加冕时的权杖。临上车时，余伯庸递给小北一把勃朗宁手枪和两个弹匣。小北问余伯庸,为什么要带武器?余伯庸说,是哈德森交代的。

余伯庸把奔驰轿车开出圣蓝湖,小北随后锁上圣蓝湖大院厚重的黑色铁门。锁门的时候,小北看到二楼玻璃窗后的阿玉。阿玉站在纱帘后面,也正看着关铁门的小北。昨天晚上,小北从圣蓝湖的地窖里面搬上来一箱苏格兰威士忌,他给阿玉也倒了一杯酒。阿玉喝不惯洋酒,象征性地抿了一口。小北一杯接着一杯,不一会儿喝下大半瓶威士忌,几次想要张嘴说话却又不知道该从何说起。阿玉对小北说,你不喜欢喝酒就不要喝了,有什么话就说出来吧。

不知道是酒劲儿上头,还是被难以启齿的话憋的,小北的脸涨成紫红色,他像是咽下一大口没有嚼细的饭团,狠狠地说道:"今天晚上不下楼了,我要跟你一起睡。"

阿玉摇了摇头,眼泪先落了下来,她把杯子里的酒一口喝掉,也用决绝的口吻说:"我已经是个不干净的女人了,不能毁了你的前程。你要是不嫌弃我,以后就做我的哥哥吧。"

奔驰轿车驶进正和商行是中午十一点四十五分，这是哈德森挑选的时间。在正和商行前两个街口拐弯处，哈德森让余伯庸把车停下，一直等了将近一个小时的时间。之所以选择这个时间，是因为驻香港美领馆早就对正和商行实施无线电信号监控，日本人会在中午十二点整接收摩尔斯密码电报。被截获的电报密码大概是日本关东地区的一种方言，美国人破译了半年，还是一无所获。最近，美领馆从美国本土找到一位美国籍的日本关东人，想通过这个人来破译日本特务机关的密码。但是这个美籍日本人一周后才能抵达香港，一周后也就是12月13日。但是，哈德森综合各方面情报做出一个大胆分析：日本近日就会对美国采取军事行动。

一周前，驻香港美领馆把哈德森的分析报告递交给美国军方，却迟迟得不到军方的任何回复。随着广州日军的频繁调配，哈德森越发焦躁不安，天天催问总领事。总领事让哈德森再忍耐几天，等美籍日本关东人抵达香港，就会印证哈德森的分析报告。哈德森把他刚刚从中国军方拿到的报告材料摔在桌子上，说如果戴局长的情报机构不是吃白饭的，日本人的军事行动就会在这一两天发动。总领事的脸色也撂了下来，质问日本人对美国实施军事行动的依据何在。哈德森建议总领事对正和商行采取秘密行动，直接抢夺日本特务破译后的电文，便会一目了然。总领事觉得哈德森有臆想症，说日本人除非是昏了头才会对美国人采取军事行动。总领事还告诉哈德森，他不会凭一份分析报告去招惹不必要的外交麻烦，除非是哈德森把证据摆到桌面上，否则决不会对正和商行采取行动。哈德森连日来的焦虑累积到了极限，他向总领事竖了一个中指后，摔门而去。

在正和商行的会客室里，两位日本古董专家围拢在长条桌子上，正在用放大镜勘验唐寅的驭虎图。哈德森、余伯庸和小北立在长条桌另一侧，静静地等候两位日本古董专家的结论。哈德森抬起手腕看了一眼手表，表针指向十二点二十分，他便借故要去洗手间走出会客室。临出门时，哈德森给余伯庸递了一个眼色，示意他要行动了。这也是事先交代好的，哈德森让余伯庸这边不要纠缠，无论正和商行付不付货款，都让他尽快回到车里，发动好汽车引擎等自己。已经数次往正和商行倒卖古董文玩，哈德森每回都要找借口四处溜达，加上他早就得到正和商行的平面设计图，哈德森对这座建筑的结构早就了如指掌。哈德森在洗手间里给手枪拧上消音器，并揣进风衣口袋里，随后出了洗手间直奔地下室而去。下到地下室后，右拐最里面的房间便是无线电发报室，这是哈德森从露在室外的TT形天线判断出来的位置。发报室门口站着一名值守的日本特务，他看到哈德森进入地下室，急忙伸手掏枪。未等到特务拔出枪来，哈德森的子弹便射穿了特务的脑袋。紧接着，哈德森一脚踹开房门，发报室里只有一张桌子，桌子上摆着一台九四式大功率发报机，一名发报员正在翻译电文。发报员下意识站起身来，当他看清楚哈德森的西方人面孔时，没有丝毫犹豫把桌子上的电报纸团成一团塞向嘴巴。哈德森反应迅速，一枪击中发报员的额头，上前从发报员的嘴巴里掏出纸团。展开纸团，哈德森看到电文已经被翻译成日语，但他不认识日文，只看到两个阿拉伯数字：12、8。哈德森把纸条放进口袋转身出门，此刻，地下室的楼梯上走下来两个日本特务，当他们看到一个同伙躺在地上时，立刻意识到出事了，迅速拔枪朝着刚刚出门的哈德森开枪。哈德森左肩中了一枪，他躲避回发报室，然后举枪还击。双方开了数枪之后，哈德森击中前面的日本特务，后面那个特务呼喊着奔出地下室。哈德森急忙奔向楼梯，等他冲上楼的时候，前面已经被几名特务封住走廊，一排子弹射了过来，其中一颗子弹命中他的腹部。眼看着无法从走廊突围，哈德森退后几步，然后助跑飞跃过走廊，用身体撞向木格窗户。哈德森的身体跌到窗户外的草地上，他忍着剧痛爬起身来，朝着院子里停放的奔驰轿车跑去。背后再次传来几声枪响，又有一颗子弹击中哈德森的后背，他的身体随着子弹扑倒在地上。这时，奔驰轿车车门打开，小北举枪对着走廊窗户处"叭叭叭"连开三枪，然后奔到哈德森跟前，将其搀扶进奔驰轿车里。小北急吼吼地喊了一声开车，余伯庸对着正和商行的门也开了两枪，居然打中一名闯出来的日本特务。随着一阵汽车引擎的轰鸣，黑色奔驰轿车冲出正和商行的大门。

小北在后座上查看着哈德森的伤口，发现后背上那一枪射穿了肺部，伤口流出来的血已经染红整个车座。

哈德森从口袋掏出纸团，塞到小北手里，用微弱的气力说道："送去……领事馆，日本人……日本人12月8号、要……要采取行动。"

十一

正如哈德森的分析预测一样，日本人不仅要对香港下手，还对美国采取了军事行动——发动了举世震惊的"偷袭珍珠港"。并在几个小时之后，日军越过深圳河入侵新界，于12月8日上午占领启德机场。

哈德森付出一条命的代价，从日本特务机构正和商行抢夺来情报，当美国驻香港总领事赶到仁爱医院时，哈德森早已停止了呼吸。小北把那个带血的纸团交给总领事，总领事扫了一眼纸团上的内容，叹一口气说道："晚了，你们说的12月8日是美国人的12月7日，他们偷袭了我们的珍珠港。"

余伯庸从怀里掏出一个锦盒交到总领事手里，说道：

"这是哈德森送给他未婚妻的礼物,麻烦你代为转交。"

英国军队仅仅抵抗了三天,便全线退守港岛,把新界和九龙拱手相让给日本人。日本军队为避免过多伤亡,向香港总督杨慕琦发出劝降书,遭到杨慕琦严词拒绝。于是,日本人的飞机和火炮展开了对港岛的肆意轰炸。直到供水设施遭到全面毁坏,港岛军民们的抗击雄心才被打压下去。12月18日晚,又一轮猛烈轰炸后,日军借着浓烟抢渡维多利亚湾,渣甸山几番近似肉搏的血战之后,日军登陆港岛。登上港岛的日军,在浅水湾和圣士提反书院枪毙了大量英军战俘和护士,并扬言会对香港市民进行无差别屠杀,以此逼迫杨慕琦投降。

总督杨慕琦宣布香港无条件投降那天,小北、阿玉、余伯庸和易梅齐聚在大坑村马球场,是李惠堂在家中召集的圣诞晚宴。由于连日来的飞机轰炸,晚宴地点设在李氏公馆的地下室。说是圣诞晚宴,还不如说是香港沦陷的悼念,宾主众人全是一脸冰霜,情绪都低落到了极点。李惠堂的祝酒词里也满是悲凉,他说自此国无宁日,自己却报国无门，苟存于乱世只能期待朋友们平安。说罢，这个铁骨铮铮的男人竟然哽咽起来。余伯庸接过李惠堂的酒杯，杯子里的酒水已经被他颤抖着洒掉半杯。

余伯庸安慰李惠堂说："惠堂先生虽没有像镇和和江柏一样投身疆场御敌，但是一直在香港进行爱国募捐，已经将大半个家业捐献给了国家，岂能说是报国无门。"

闻听此言，李惠堂反倒是更加激动起来，他指着余伯庸喝骂道："李某的微许家业不足挂齿，比不上余先生倒卖给洋人古董的万分之一，国难当头热血男儿当以身报国，唯有你在卖国卖古董卖辱求荣。"

余伯庸肥胖的脸上红一阵白一阵，显得无比尴尬，他喏嚅道："覆巢之下无完卵，这些祖宗留下来的宝贝岂能保全，倒还不如……不如卖给能够保全它们的人，这也算是功德无量吧。"

李惠堂夺过自己的酒杯，一饮而尽，接着骂道："你放屁！不要美化你的卖国行径，国人将来会跟你清算的！"

廖月英急忙上来劝和，易梅把李惠堂拉到一边，并把陈镇和最近的一封来信交给他看。看到陈镇和的亲笔信，李惠堂的情绪平静下来，不住地对着信笺点头。为了掩饰尴尬，余伯庸只好一杯接一杯独自喝着闷酒。李惠堂虽然是在骂余伯庸，但小北闻听也觉得脸色发烫，因为余伯庸倒卖古董文玩的力气活全是他干的，圣蓝湖地下室里至今还存放着大量宝贝，都是余伯庸从香港各处搜刮来的。阿玉大概是看出小北的心思，她把一只手搭在小北的手背上，并为他倒满一杯红酒。小北抬起头感激地瞅一眼阿玉，心头不由得软了一下，端起酒杯一饮而尽。

圣诞节晚宴上，多了一张陌生男人的面孔，廖月英向大家介绍说是她的堂弟，也是香港《华商报》主编廖先生。小北觉得廖先生有几分面熟，一时间却又想不起在哪里见过。常年在德叔的几个场子里巡视转悠，一面之交觉得面熟的人有很多，不是嫖客就是赌徒，小北也没有细想。

几杯酒喝下，气氛略好一些，廖月英拉着阿玉坐在沙发上小声聊天。所谓的聊天其实是廖月英说得多，阿玉只是在皱着眉点头或摇头。小北侧着头倾听，想知道两个人在说什么，因为他事先拜托廖月英劝说阿玉答应自己的求婚。就在小北把注意力放在"偷听"的时候,廖先生端着酒杯走过来,小声问小北是不是不记得他了,小北脸色稍稍一红,不得不努力地在脑海里找寻眼前这张精瘦干练的面孔。廖先生见小北还没有想起自己,便伸出手拍了拍小北腰里的勃朗宁手枪。小北差点惊叫出来,眼前这个干练的男人就是那天在九龙保护易梅义卖遭遇大方仔和日本特务纠缠时,关键时刻递给他一把勃朗宁手枪和两个弹匣的人。

小北讶异地问廖先生:"你不是东江纵队情报站的吗?"

廖先生笑着说道:"世事变化这么快,谁还没有几个身份,你以前不还是中华足球队的主力边后卫吗?"

聚会持续到深夜,众人从地下室出来的时候,醉酒湾的炮声早就停止了,香港本岛各处不时传来零星的枪声。李惠堂和廖月英与大家一一握手拥抱,叮嘱大家保护好自己,没事的时候尽量少出门。临别时,小北瞅了一眼廖月英,廖月英对小北轻轻地摇了摇头。小北心情黯然,他知道廖月英没有说服阿玉,这个结局也在他预料之中。阿玉貌似温顺如水,骨子里实则倔强如铁。

十二

皇家警察和英国军队一同放弃了香港,失去社会治安力量之后,香港的黑社会组织愈发猖獗。港岛沦陷的第三天傍晚,十几路黑帮大佬齐聚在钦州街日不落大厦的露台上,开会商量如何瓜分香港。流氓们蛮横成性,争吵到深夜也未能达成一致,最后采取抽签方式决定自己的势力范围。区域确定后,接下来各个堂口又为区域内的金店、商店、工厂、仓库、码头等归属问题争执到天亮。最终,唯一达成共识的是各个帮会约定洗劫香港时的暗语:胜利。各帮派相遇时,须以"胜利友"相待,不得自相争斗。

大方仔和德叔先后投靠了日本人。有了先前的经验,大方仔独独看好了港岛的私人洋房,如此冷僻的生财之道自然不被大佬们看好,他轻松地拿到一支上上签。德叔了解人性,继续经营他的吃喝嫖赌生意,并与日军签订合约,旗下五家声色场所每周二为"皇军慰安日"。日本军队在醉酒湾举办入城式时,德叔组织旗下五家场子里的姑娘扮作欢迎日军的市民。姑娘们拉着日语横幅，挥舞着鲜花，脸上露出莫名其妙的笑容。这些年轻女孩们，在这一刻无论如何都想不到，热烈欢迎来的日军数日后就会带给她们痛苦无比的折磨。也有一些明事理、顾大局的姑娘，她们一脸阴沉地站在人群里不笑也不挥舞鲜花。各个场子里的老板和龟公们明察秋毫，发现脸色难看的姑娘，立刻推到人群后面遮掩起来。

听闻香港的各种利益被黑社会一一瓜分，余伯庸气愤到血脉偾张，恼恨自己没有分到一杯羹。他四处搜罗来的文玩古董藏在圣蓝湖地下室不敢出手，现在的市面上，还敢收受这些玩意儿的只有日本商人。余伯庸不敢再跟日本文物商打交道，他担心这些人与正和商行有交集，会暴露自己曾经跟哈德森合作的经历以及自己和小北参与了正和商行抢夺情报的事件。余伯庸裹了裹肥大的睡袍，这是香港百年难遇的寒冬，他的思绪情不自禁地回到冰天雪地的东北，那是一片雪白的地狱，当寒风呼啸时，是无数冻死的厉鬼在哭号……

余伯庸往壁炉里添加了两根木柴，期待火焰尽快升腾起来，驱散心底的寒气。他深知香港不是久留之地，因为这里已经无法赚钱了。去处已经想好了，余伯庸准备去云南，昆明是中国最大的抗日物资集散地，政府购买以及国际社会援助的军需物资全部由滇缅公路运到昆明。只要有物资流动的地方就会有赚钱的机会，余伯庸深谙此道。此前，听李惠堂说起过谭江柏的来信，他已经是第十九路军华侨运输大队队长，专门负责滇缅公路的军需物资运输。谭江柏在信里说他时常要亲自押运，因为一千公里长的滇缅公路上经常有土匪出没，他们要么武装强抢，要么以极低价格购买货车上的枪支弹药，再倒卖给其他土匪发国难财。余伯庸想拉上小北一起去云南，小北生性厚道又能打能杀，是一个乱世中的好帮手。凭着他和小北的面子，私下跟谭江柏达成某种默契，赚大钱易如反掌。余伯庸甚至连如何劝说谭江柏合作的话术都已经想好了：战争迟早会结束，一旦战争结束了，大家还要去过平常日子，过平常日子谁都需要钱……

余伯庸试探过几次，可小北的心思全都在阿玉身上，他说阿玉现在需要静养康复，暂时还不想离开香港。余伯庸觉得小北不离开香港也行，住在圣蓝湖正好可以帮他看管地下室的文玩古董。战争一旦结束，便是百废待兴，保住圣蓝湖地下室的宝贝，他还能再发一笔盛世收藏的财。

就在余伯庸盘算着如意人生时，突然响起一阵敲门声。余伯庸立刻警觉起来，他从沙发缝隙里掏出勃朗宁手枪，将子弹上膛后揣进睡衣口袋，走到门口问道："是哪位？"

门外传来一个男人的声音，讲一口磕磕绊绊的汉语："是余先生吧，我是正和商行的经理伊藤仓介，我们是老朋友了，让老朋友吃闭门羹不合适吧。"

余伯庸掏出手枪，对准木门，犹豫着要不要开枪。

伊藤仓介接着说道："我是以生意场上的朋友前来拜访的，余先生要是不冷静的话，不光会搭上生命，而且还赚不到钱哪。"

十三

小北接到廖月英的电话时，便有一种不好的预感，他是从廖月英哀婉且沙哑的声音里判断出来的。小北本来想带阿玉一起去大坑村李府，偏巧赶上阿玉早晨来了月经。阿玉已经有将近一年时间没有来月经了，早晨疼得她满床打滚，直到滚落在地上。住在楼下的小北听到楼上"扑通"一声，赶忙奔上楼来，把阿玉抱上床。经他再三询问，阿玉才羞涩地告诉小北，说自己大姨妈来了。小北看到床上的血污，这才放下心来。阿玉说她以前来大姨妈的时候，也会肚子疼到哭爹喊娘，因为母亲去世太早，没有人告诉她是怎么回事，她第一次来月经的时候还以为自己要死了。小北问阿玉，那你后来是怎么知道月经的？阿玉说，后来发现没有死掉，也就慢慢明白了女人的事情。

阿玉的健康状况终于有了转机，这不仅归功于小北的全身心陪伴，还得益于廖月英和易梅的努力劝说，使得阿玉终于释怀了那段糟糕的经历。上个周末，廖月英和易梅陪着阿玉在楼上说话，小北正在楼下厨房里擦拭餐具，他突然听见楼上传来阿玉久违的笑声，那一刻，小北差点落泪，因为他已经有两年没有听到阿玉爽朗的笑声了。送廖月英和易梅出门的时候，阿玉亲自送出大门，还热情地跟两个人拥抱。临上车前，易梅碰了碰小北胳膊，悄声说阿玉已经答应嫁给他了。易梅还给了小北一个地址，那是一家专门制作婚戒的金店，让小北给阿玉去买一枚求婚戒指。

安顿好阿玉，小北锁上圣蓝湖的大铁门，这才赶往铜锣湾大坑村。小北把礼帽帽檐压得很低，生怕在路上被人认出来。自从他一把火烧了九龙的铜雀楼，德叔便满世界找小北，扬言抓到小北后要剥掉他的皮。铜雀楼里的姑娘主要是为英国驻兵提供服务的，英国士兵薪资待遇高，舍得在铜雀楼花钱找乐子，算是德叔的摇钱树。此前，小北找人画了阿玉的图像，满香港寻人，蒲生的一个小兄弟在香榭舍发现了阿玉。待蒲生告诉小北的时候，小北早就被这类消息折腾麻痹了，以为又是手下的小弟们讨好自己，所以也就懒得去落实。蒲生说者无心，阿川听者有意，他立刻把这个事儿汇报给德叔。德叔把香榭舍的老板叫来，他比照图像一看，香榭舍的阿玉居然就是小北要找的阿玉。阿川是德叔的心腹小弟，派到小北跟前的目的就是起盯防作用。待德叔进一步了解情况时，得知阿玉已经被逼得两次卖春，把这样的阿玉交还给小北，小北肯定会记恨。香榭舍的老板说，这两次的客人虽说都得手了，却也都被阿玉弄伤了脸。老板还说，阿玉性情刚烈，他们也就反反复复拿阿玉当处女卖，很多客人就喜欢这一口，以为姑娘下手越狠才越是处女。德叔听到此处，便知道这事儿还得瞒下去，不能让小北知晓。德叔觉得小北每日里出没声色场所，已经看惯了身边的莺莺燕燕，等到他遇见一个可心的女人就会把阿玉忘到脑后。于是，他赶忙把阿玉调派去了九龙的铜雀楼，然后让小北不再管九龙的场子，只负责香港本岛的几处场子。

小北低着头急匆匆赶路，忽然听见有个男人背后喊他北哥。小北不敢回头，而且越发加快脚步往前走去。他能感觉后面的人追了上来，从脚步声判断出来只有一个人。前面有一条巷子，小北立刻拐进巷子里，正准备发力奔跑，身后的人也紧跟着进了巷子，那人冲着小北喊道："北哥，我是蒲生，就我一个人。"

小北站定身形，回过头来看了蒲生一眼，发现他确实是一个人。

蒲生走到小北跟前："北哥，德叔四处找你，你怎么还没有离开香港?"

小北一时不知道该如何作答,因为他不知道这个昔日的小跟班是友是敌。

蒲生接着说道:"北哥,我们兄弟一场,我是不会出卖你的。现在,不仅仅是德叔在找你,大方仔也在找你,他还说要把你的两个膝盖骨都打碎,你可要小心,我觉得你最好还是离开香港避一避。"

小北对蒲生印象不错,他也是从内地逃难过来的潮汕仔,为人厚道不计较得失,在德叔这里赚到的钱都拿去救济潮汕老乡了。小北带着他搭伙的时候,一些要紧的事儿都是蒲生帮他料理的,包括在老虎崖下面解救余伯庸和老千。

小北向蒲生称谢后,叮嘱道:"在德叔手下讨生活多留个心眼,不要把话说尽,也不要把事儿做绝。"

蒲生点点头:"我知道了。北哥,你要是想离开香港就告诉我一声,有几个潮汕老乡在码头上干活儿,都是我信得过的兄弟。"

小北上前握了握蒲生的手,眼圈里有些泛红:"好兄弟,谢谢你,咱们后会有期。"

说罢,小北扭头走开,他没有直接奔大坑村,而是绕了几道弯儿,借道又去了易梅告诉他的婚戒小店。小店隐蔽在一家阁楼上,小北前天就把钱和戒指尺寸送过来了,今天只是来取戒指。店主把一对婚戒交给小北,说了几句祝福的话,然后把门就关上了。小北揣好婚戒,他准备今晚就给阿玉一个惊喜。下了阁楼,小北再三确定没有人跟踪,才往大坑村方向走去。

敲开李府大门,进得厅堂后,小北看到廖月英正抱着易梅坐在沙发里哭泣,李惠堂则背着手肃立在供龛前,供龛上摆放着两个黑相框,一个是江柳生,另一个是陈镇和。看到这幅场景,小北的脑袋"嗡"的一声作响,顿时觉得手脚冰凉,身体像是跌进冰窟一般。

十四

知道自己被日本特务包围后,余伯庸的脑海里闪过十几种念头:开枪御敌、跳楼逃跑、开枪自杀、跪地求饶、装作受害者、尿裤子扮精神病、交出圣蓝湖所有古董保命……最终，他什么都没做，而是把勃朗宁手枪丢进垃圾桶，乖乖地把门打开。打开厚重的房门时，余伯庸脸上堆出最憨厚的笑容，笑呵呵地迎向伊藤仓介，并张开双臂准备像往常一样拥抱这位正和商行的总经理。迎接他的却是一记窝心脚——伊藤仓介身前的一名特务飞起一腿，正好踢中余伯庸的胸口。余伯庸的憨笑还凝固在胖脸上，便仰面倒在地板上，几名特务扑上前将他捆绑起来。

伊藤仓介把余伯庸带上车，随后又坐上船，他们没有去正和商行，而是奔了九龙尖沙咀的半岛酒店。余伯庸早有耳闻，日本军队占领九龙后，把半岛酒店当作司令部。余伯庸暗自纳闷，自己也就是个利用不当手段倒卖古董文玩的普通人，为什么要把他抓来日军司令部。哈德森是美国间谍不假，就像伊藤仓介是日本间谍一样，香港的各路情报人员没有不知道的。同样，香港的情报贩子们也都知道，余伯庸只是傍着哈德森倒卖艺术品的古董贩子，压根儿也不必把他押解到日军驻香港的司令部。难道是日本人记恨自己帮助哈德森去正和商行抢夺情报？对此，余伯庸已经想好了辩护词，他准备全都赖在哈德森头上，说自己是被胁迫的，而且他只负责开车。

余伯庸被带上半岛酒店七楼，在电梯间里，两名特务给他松开绑绳。余伯庸甩着早被捆绑麻了的两条手臂，嘴里哼哼唧唧地跟伊藤仓介叫屈，说自己如果不帮哈德森开车，他就会被哈德森干掉。又说自己不知道哈德森会在正和商行动枪动刀，如果知道这个后果，打死他也不会去正和商行。还说正和商行欠他两笔艺术品付费，共计四十七万六千五百块，他愿意把这笔钱捐给正和商行，作为死伤职员的抚恤金。

走出电梯的时候，只剩下伊藤仓介和余伯庸一前一后两个人。走到有两名日军士兵站岗的房间门口，伊藤仓介示意余伯庸止步，他则轻轻敲了两下门，然后屏住气息倾听门里动静。不知道门里传来何种暗示，伊藤仓介这才推门闪身进去。片刻工夫后房门被打开，伊藤仓介探出半个身子来，晃了晃脑袋示意余伯庸进去。余伯庸整理一下有些褶皱的西装，努了努劲儿才算迈开左腿，他明显觉得脚下虚软，一个趔趄差点儿扑进伊藤仓介怀里。伊藤仓介推了他一把，余伯庸才找回身体重心，他木讷地跟着伊藤仓介走进房间。

房间非常宽大明亮，落地玻璃窗上镶嵌着几块几何形彩色玻璃，把投在酒红色地毯上的阳光光线搅碎，视觉上的变化不会让人感觉单调。房间对面的墙壁前摆放着一张很大的桌子，桌子后面端坐着一个穿日式军装的军人，看到伊藤仓介和余伯庸进来，那个军人纹丝不动地端详着余伯庸。余伯庸知道见到了正主儿，他本就觉得腿软，此刻踩在松软的酒红色地毯上，愈发觉得浑身没有力气。但他努力地支撑着身体，并且还挺了挺腰板，鼓足勇气瞅了一眼桌子后面的日本军人。这个日本军人年龄不算太大，从眼神中看出此人精力颇为充沛，而且身材很是魁梧，即便是坐着也能看出他宽厚的肩膀。恍惚间，余伯庸觉得此人有几分面熟，但他又随即否认了"几分面熟"，因为他不可能见过一个日军高层军官。房间里唯一的动静，便是桌子旁边一条壮硕的德国黑背犬"呼哧呼哧"地喘着粗气。

日本军官率先开口，他冲着余伯庸说道："余先生，我们好久不见了。"

余伯庸对日语不像英语那么精通，但是也能做一些简单交流。他听日本军官称呼自己"余先生",立刻觉得看到了一线生机,但他还是很疑惑地瞅了一眼身边的伊藤仓介。

伊藤仓介以为余伯庸听不懂日语,他用汉语重复了一遍日本军官的问候:"余先生,我们好久不见了。"

确认之后,余伯庸再次仔细打量起面前的日本军官,确实有几分面熟,他赶忙堆起一脸憨厚的笑容,用日语问道:"先生,我们认识,是吗?"

日本军官"哼哼"笑了一声,说道:"难道余先生不记得七年前的马尼拉了吗?"

余伯庸恍然大悟,他忍不住抬起手来指着眼前的日本军官,说道:"您……您是冈山队长?"

伊藤仓介在一旁纠正道:"把手放下,冈山垄一少将现在是我大日本皇军驻香港的司令官。"

余伯庸赶紧肃立,但他还是觉得生还有望:"七八年不见,冈山将军越发年轻了,这精神头儿踢全场没有任何问题。"

冈山垄一站起身来,绕过巨大的桌子走到余伯庸面前,拍了拍他的肩膀,说道:"余先生说到点子上了,我一直期待着日中两支足球队能够再来一场比赛。"

余伯庸尴尬地笑了笑："眼下两国交战，希望能够早日化干戈为玉帛，那个时候就能够踏踏实实踢一场足球赛了。"

冈山垄一走到落地玻璃窗前，望着对面的港岛，说道："足球可以让人暂时忘却战争，现在日中踢一场比赛，会更具历史意义。"

余伯庸说："日中足球比赛……意义倒是有，可双方的人手凑不齐整呀。"

冈山垄一说："日本足球队的球员大都在我的部队服役，一道军令下去，明天就能把球队调动齐整。我听说李惠堂先生也在香港，中华足球队的队长、经纪人和主力边后卫都在，把球队调动起来也应该不是什么难事吧。"

闻听此言，余伯庸便明了冈山垄一的心思，对于日本足球队在远东运动会上十连败输给中华足球队他一直无法释怀。尤其是第十届远东运动会时，正是日本军国主义狂妄扩张的起点，身为日本国家足球队队长的冈山垄一，又是新晋日本军界的明日之星，击败宿敌是他经年的心魔，甚至不惜动用投毒的卑劣行径。不料想，中毒后的中华足球队居然再次赢得比赛，还在赛后向日本人示威，打出了"中华足球队将永久退赛以抵制伪满洲国参赛！"的横幅，此事件不仅让中国人扬眉吐气，也让冈山垄一和他的日本足球队颜面扫地。受此奇耻大辱的冈山垄一，此番要搞日中足球比赛的目的昭然若揭：赢得比赛，一雪前耻。在此前提下，大半个中国已经沦陷在日本军队的铁蹄下，再让中华足球队输掉这场比赛，国足的脸面、国人的士气势必成为中国人伤口上的一把盐。想到这一节，余伯庸似乎觉得让自己去死，也要比组织这场比赛还容易一些。

余伯庸呼出一口浊气，对冈山垄一说道："我这个经纪人人微言轻，中华足球队也不把我当回事儿，这个比赛我实在是操持不了。"

余伯庸话音刚落，身旁的伊藤仓介一把抓起他的右手，迅速将一个器物套进他右手小手指上，"咔嚓"一声脆响，一股鲜血喷洒在酒红色地毯上。余伯庸只觉得一股钻心的剧痛，随即瘫坐在一块绿色玻璃透射的光线里，他的脸色也瞬间变绿了。伊藤仓介随手一扔，把余伯庸的小手指扔向桌子旁边的那条德国黑背犬。黑背犬一仰头，准确接住伊藤仓介丢过来的手指,"咯吱咯吱"嚼了两口便吞咽下去。

十五

深夜时分,小北走出大坑村,街上冷冷清清看不见一个人影。他的步履有些飘浮,时不时会趔趄一下,活像个喝多酒的醉汉。小北的脑海里涌满陈镇和,陈镇和教他如何踢球,教他怎样跑步更省力,教他爱人和爱情,教他喝咖啡喝洋酒,教他与人握手,给他讲历史典故,给他讲传奇人物……如果人有再生父母,陈镇和就是自己的再生父亲。

一队日军巡逻兵列队从前面一条街横穿而过,"咔嚓咔嚓"的踱地声在深夜里传出去很远。如果没有日本人发动的侵华战争,陈镇和和江柳生肯定还在球场上踢球,应该像以往那样四处参加比赛。小北喜欢比赛的全过程,全队穿上崭新的球衣,拎着行李箱奔赴异国他乡,一路上吃喝拉撒睡全都有人安排料理。赢得比赛后,全队会坐在一起复盘比赛过程,谁丢失了得分机会,谁传了一脚好球,谁领会错了谁的意图,谁在比赛中超水平发挥……无论是踢得臭的还是超水平发挥的,大家都很开心。就在大家聊得饥肠辘辘时,廖月英总会适时地送来当地夜宵,众人一拥而上,一边欢叫着"谢谢嫂子",一边把夜宵抢个精光。如果不是李惠堂在深夜里催促散场,大家能一直聊到天亮,尤其是有了廖月英的夜宵垫底儿。每回到了不同的地区和国家,陈镇和会跟他讲那里的风土人情,江柳生会带着他品尝味道不一样的食物。活在这支球队里,比活在有父母的家里还要温暖。这是小北发自内心的感慨。

　　小北躲在一处黑影里,等着日军巡逻队走过去,他才朝着弥勒山方向走去。还好,圣蓝湖里还有他喜欢的阿玉,在这个难过的黑夜里,阿玉会陪伴他熬过去。小北回想了阿玉拒绝他的根由,应该是自己还没有做到对阿玉足够的尊重。用易梅的话说,爱情不是施舍和接受,而是两好赶一好的水乳交融。关于对女性的尊重,也是陈镇和告诉他的。陈镇和说中国男人不够有担当,总是把不好的事情一股脑儿推给女人,甚至连改朝换代这类只有男人参与的事情也能推演出女人是祸端根源。陈镇和对易梅就很尊重,像对待客人一样彬彬有礼。一开始的时候，小北会觉得好笑，但是笑着笑着就会觉得很舒服、很得体。陈镇和还说过，中国男人欠女人的，自从儒家成为统治者的主流文化以来，中国男人欠了女人两千年……反思过后，小北准备请李惠堂做证婚人，他要光明正大迎娶阿玉做自己的妻子。

走到圣蓝湖大门前，小北掏钥匙的时候，突然发现大门门锁已经被撬开。小北的头像遭到重击一样，只觉得眼前一阵阵黑晕。他迅速从腰间拔出手枪，大跨步冲进大门。进入别墅，木门门锁也遭到暴力破坏，小北推开木门后，看到地上散落着别墅里的摆件。小北疾速冲上二楼，直奔阿玉的房间。阿玉房间的门半掩着，屋里亮着灯却听不到丝毫动静。小北一手举着枪，一手轻轻推开房门，借着床头台灯的光线，小北看见阿玉赤身裸体躺在床上，胸前和腹部有三处刀口，血液早已凝固。小北当即瘫软在地，勃朗宁手枪"咣当"一声也跌落在地板上。随后，小北四肢着地爬上前去，看到阿玉的下身也是血肉模糊。小北呼喊着阿玉，使劲地摇晃着她的身体，可阿玉已然僵硬了。一日之间，两个最心爱的人弃他而去。小北抱着阿玉，悲恸的哀号声回荡在圣蓝湖的别墅里。不知道哭号了多久，小北被自己的泪水噎住喉咙，剧烈咳嗽起来。他这才止住悲声，下来床走进洗手间。片刻后，小北端来一盆清水，用毛巾擦拭着阿玉的身体，擦洗到淤青和刀口处时，他的眼泪忍不住一次次滚落下来。花了一个小时时间，小北才把阿玉的身体清洁干净。他又从橱子里找出一条干净的白色床单，把阿玉精心包裹起来，像是包裹起一件已经不属于他的心爱之物。包裹到阿玉的手臂时，小北发现阿玉惨白的手里紧紧握着一个物件。小北使足了劲，才把那个物件抽出来，原来是一个日军士兵的肩章，两红一黄两颗星，应该是日军军曹中士的肩章，小北把这枚肩章装进衣服口袋。接着，小北掏出婚戒，给阿玉右手无名指戴上戒指，另一枚戴在自己左手无名指上，然后继续用床单包裹着阿玉。包裹完毕，小北抱起阿玉下楼走进自己的房间，把阿玉轻轻放在床上。随后，小北脱下鞋子和衣卧在阿玉的身旁，并用一只胳膊轻轻揽住阿玉白色床单包裹着的头，柔声说道："阿玉，今天晚上我就娶你做我的妻子，不管我以后荣华富贵，还是我流浪街头乞讨，你都是我的妻子，我会对别的乞丐说，我是个有家室的人，我的妻子聪明又漂亮，她的名字叫阿玉……"

天色微微泛亮时，小北才把自己麻木的胳膊轻轻抽出来，像是担心吵醒熟睡的阿玉。小北上到二楼，捡起地上的勃朗宁手枪，并把家里的所有子弹和弹匣揣进口袋里。小北再次回到自己的卧室，跪倒在床前朝着阿玉磕了一个头。

小北走出圣蓝湖别墅的时候，身后的屋里已经燃起熊熊火焰，借着山坳里吹过来的北风，火势迅速蹿上别墅楼顶，火光照亮了半个弥勒山。

十六

伊藤仓介亲自驾车把余伯庸送进大坑村马球场，在李府门前停下车并做了一个请余伯庸下车的手势。余伯庸端着缠着绷带的右手，哆里哆嗦下了车。伊藤仓介一句话不问就能把车开到李惠堂家门口，目的就是让余伯庸明白，日本特务机构已经掌握了他们所有的情况。余伯庸索性也放开了，走上前去也不按门铃，把李府的大门拍得山响。

李府的管家不怎么待见余伯庸，嘴里絮絮叨叨用潮汕方言骂着余伯庸，把他带进厅堂。

见到余伯庸受伤，廖月英赶忙给他拆开绷带检查伤口，并给伤口重新做了处理。处理伤口的同时，余伯庸把刚才的经历讲给李惠堂听。李惠堂听完冷笑一声，说他不会让冈山垄一的阴谋得逞。余伯庸举起右手，说是凑不齐十个上场的球员，日本人会剪掉他的十个手指。李惠堂讥讽道，剪掉你的手指是日本人痛恨你赚他们的钱。

余伯庸辩解道："我赚日本人的钱也是抗日，我不跟日本特务做生意，哈德森怎么会知道日本人要偷袭珍珠港。"

李惠堂没有理会余伯庸的辩解，他自顾自地说道："作为运动员，我已经太老了，柳生以身殉国，镇和殒命长空，江柏远在滇缅公路上奔袭，此刻去跟日本人打一场比赛，明摆着就是辱队辱国，我李惠堂一生磊落，岂能留下千古骂名。你去告诉冈山垄一，就算是枪毙李惠堂一百回，我也不会答应这场比赛！"

余伯庸灰头土脸从李府出来，漫无目的地走在铜锣湾的街道上。街上行人较之前些日子多了不少，其中不乏一些挑着水桶或拎着食物的年轻人,这些年轻人大都是某个帮派的"胜利友",他们接管了区域内送水收钱和代购代买食品的生意,食品也是帮派从商店或是仓库抢来的。随着日本军队抢占香港,当地的各个黑帮狠捞了一笔国难财。等到日军在香港站稳脚跟,黑社会也没有了利用价值。日本委派日军中将矶谷廉介出任新一届香港总督,矶谷廉介上任后便召集香港警察重新上岗履职,以维护香港社会治安。曾经隶属于英国皇家的香港警察,如今归属于日军宪兵队管理。警察重新上街后,首先对各个帮派强行送水收钱的"胜利友"进行打击,因为警察们失业在家的时候也深受其害。香港各个警察局关满了"胜利友",日本人睁一只眼闭一只眼,因为他们要让世界看到日本人像英国人一样,有足够能力管理好自己的殖民地。

余伯庸不用回头看也知道伊藤仓介的特务在盯梢,而且会一天二十四小时监控自己。铜锣湾最火的成记腊味煲仔饭开业了,生意虽然不复昔日红火,但也不乏想念这一口的老顾客光临。余伯庸走进店里,点了一壶凤凰单枞、一份清炒菜心和一份腊味煲仔饭，坐在临海的座位上思量下一步打算。右手小手指处一股一股地疼着，血液像是要喷出创口一般。伊藤仓介甚至不用请示冈山垄一，就干净利索地剪断自己手指，看来日本人是不打算放过自己。余伯庸这样想的时候，服务生已经端上来了腊味煲仔饭。想起自己的小手指此刻已经在德国黑背犬肚子里化作狗屎，他只能郁闷地叹口气，便埋头吃起砂锅里的腊肉。

打着腊味饱嗝走出成记时，余伯庸瞥了一眼街面，发现至少有两名日本特务在盯梢。凭着自己腿脚功夫和满身肥肉，如何都不可能摆脱他们，余伯庸心里想，既然如此，那就见招拆招，走一步算一步吧。

余伯庸举起缠着白色绷带的右手，把食指和拇指团在一起，放在嘴里打了一声呼哨，朝着两个日本特务喊道："走啦！回家！"

回到住处，余伯庸才发现家中早被日本特务翻了个遍，边边角角都没有放过，甚至把厚重的窗帘全都扯了下来。他走到门口，用脚踩了踩门口的地板，胖脸上露出憨笑。随后，余伯庸找出一把扁嘴螺丝刀，轻轻撬开地板，从下面取出十五根金条。他把十五根金条装进一条宽板腰带，然后捆在自己腰上。穿上西装和风衣后，又对着穿衣镜照了照，没有发现丝毫破绽。打开过上百家豪宅的"藏宝洞"，余伯庸自然知道如何利用藏宝洞。

收拾停当，余伯庸走出住处，再次打个呼哨，冲着两个日本特务喊道："走啦！逛窑子去！"

到了香榭舍才是下午四点，还没有上客人。余伯庸拿过花名册，点了五个熟识的姑娘，要了一大堆姑娘们喜欢喝的酒和零食，在二楼的凤翔阁开怀畅饮起来。其间，那两名特务时不时进来探察一番，看到余伯庸跟姑娘们喝得热火朝天，也就懈怠下来，他们俩也要了一瓶酒，坐在一楼大堂上喝起来。

看到姑娘们酒意上来了，余伯庸说要去厕所里吐一会儿，出来凤翔阁便直接上了四楼。他敲开把头的一间房，急忙闪身进去。房间里有一个留着短发的姑娘，正是广州的了尘。了尘刚要对余伯庸娇嗔几句，却见他掏出钢笔来直奔梳妆台而去。余伯庸坐在梳妆台前笔走龙蛇，不一会儿工夫写了两张纸，然后交给了尘。随后，余伯庸解下宽板腰带，把十五根金条倒在梳妆台上。

余伯庸对了尘说："五根金条你留着日后生活，另外十根金条是为我办事的，事情怎么办，我都写在纸上了，务必！务必！"

十七

小北终日游荡在弥勒山的大小巷子里，他要在最短的时间里找到缺一枚肩章的日军军曹。登陆香港的日军大多是穿着短袖短裤夏季制式军装，说明日军后勤补给不及时，一旦等到大批补给到位，那枚被阿玉撕扯下来的肩章就会补上。在弥勒山梭巡数日后，小北扩大搜索范围，凡是日军经常巡逻的街道包括临时兵营，他都会反复前往徘徊。这些天来，小北已无处落脚，他白天在外四处搜寻，别人都是躲着日本兵走，他却是迎着日本兵去。到了晚上，他随便找一处背风地方，裹着一件黑色风衣就能睡着。

一天上午，小北从坚拿道一棵大榕树下醒来，这里有一处日军的临时兵营。兵营占据一栋四层洋楼，原先是香港税务大楼。小北看到三名日本兵走出税务大楼，大概是到街道对面的百货店买东西。他揉了揉眼睛，发现其中一名没有戴军帽的日本兵左肩膀上没有肩章，而且这三名日本士兵都没有带枪。小北即刻间醒透了，他把两只手伸进风衣口袋，一手掏出勃朗宁手枪，一手掏出手枪消音器拧上。消音器是哈德森的，小北当时与哈德森坐在奔驰轿车的后排座位上，等到哈德森无法用枪的时候，小北便把他的手枪和消音器一同收起来。

跟随着三个日军士兵，小北也走进百货商店大门。店内冷冷清清只有五六个顾客，看到三个日本兵走进来，那五六个顾客赶紧出门，正好与小北擦肩而过。小北觉得时机正好，他从风衣口袋里掏出手枪，对准没有戴军帽的日军士兵的后脑勺"噗噗"连开两枪。那个日本兵倒地时翻转过身体，想看清楚朝他开枪的人。待那个日本兵转过身体时，小北才看清楚他的军装上两枚肩章都没有。这时，另外两个日军士兵也同时转过身来，其中一个日本兵的军装上竟然只有一枚肩章，剩下另一枚肩章正好是两红一黄两颗星的军曹中士肩章。小北没做任何犹豫，对准那个日军军曹的眉心开了一枪。在那个军曹倒地后，小北又对着他的裆部"噗噗噗"连补数枪，打光了勃朗宁弹匣里所有子弹。剩下最后一个日本兵，看到小北手枪里没有子弹，便纵身一跃扑倒小北，两个人扭打起来。这时候，百货商店里的店员全都躲没了踪影，日本兵在商店里被杀，他们知道日本人不会放过自己，所以溜之大吉。

剩下的日本兵被小北的煞气吓坏了，他大概从来没有见过如此凶狠的中国人，加上两个同伴瞬间被干掉，他在气势上已经输掉了。三五个回合过后，那个日本兵知道自己在力气上敌不过对方，挣扎出一个机会，连蹿带跳朝着百货商店门口跑去，一边跑一边用日语大声呼救。在奔跑速度方面，日军士兵更加不如小北。小北三五步便追上去，飞起一脚将日本兵踢倒在门口，因为担心被对面税务大楼门口站岗的日本哨兵发现，小北将扑倒在地上的日本兵拖进商店，一条胳膊迅速锁住他的脖子，仅用不到一分钟时间，日本兵就停止了挣扎。

三个日军士兵在兵营门口被杀，整个香港的气氛即刻紧张起来。根据目击者描叙，小北的影像很快被画了出来，贴满了香港的大街小巷。德叔和大方仔认出了小北,把手下撒开加入了日军的全城搜剿行动,香港本岛作为重点地区则实行宵禁。即便如此,仍有日军士兵被杀。一队夜晚巡逻的日军士兵,行进到柯士甸道时,不知从哪个方向射来的冷枪,正好击中队伍末尾的日本兵。一周时间过去,总共有十一名日军士兵被杀,其中包括一名中尉和一名曹长。此举有力打击了日军的嚣张气焰,让夜间巡逻的日本兵变得心惊胆战,稍有风吹草动便四处胡乱开枪。日军驻香港高层更是震怒,新任香港总督矶谷廉介发誓要将小北抓获。

两周过后,日军不仅没有抓捕到小北,反而日军士兵被暗杀的人数还在增加,已经有十九人被杀,三人重伤。无奈之下,日军一方面出重金悬赏,另一方面在香港本岛进行地毯式搜查,要求不放过每一栋房子。

地毯式搜查的第二天深夜,本岛码头有一条小渔船正在缓缓靠岸。岸边码头停靠着一艘旧船,旧船船舷旁不知道何时冒出两个身影,正是小北和蒲生。原来,无处落脚的小北冒险投奔蒲生,蒲生将其藏在德叔的一处赌场里。

小北每天昼伏夜出，继续暗杀日军士兵。直到日军开始地毯式搜查，德叔的赌场也无法藏身了，蒲生才联系到码头上的兄弟，准备把小北送去新界，然后再让他潜回到内地。

小渔船停靠码头，就在小北准备登船时，突然间几盏探照灯同时亮起，小北、蒲生和渔船全部暴露在灯光下。随着警报声响起，码头四周拥出来无数日军士兵，把小北和蒲生包围起来。

十八

在一个阳光普照的午后，余伯庸右手的无名指也被伊藤仓介剪掉。无名指的血液喷洒在正和商行的鱼池里，锦鲤们居然也嗜血腥，纷纷聚拢过来，瞬间把血滴搅和成一池血水。无名指被伊藤仓介扔进鱼池，几条小锦鲤围绕着手指啄来啄去，最后被一条十多斤重的金黄色大鲤鱼一口吞了下去。余伯庸昏厥在鱼池边上，只有搭在鱼池边上的右手偶有轻微抽动，无名指上的创口大部分已经凝固，但还时不时有血滴滴落进鱼池。日落时分，余伯庸才悠悠醒转过来，他从口袋里掏出一块脏兮兮的手帕裹住无名指伤口。小手指的伤口还没有完全愈合，无名指又没了。余伯庸悲苦地想，照着这个速度剪下去，等不到过年右手的手指就全没了。在伊藤仓介动手剪无名指之前，余伯庸跟他商量过，能不能剪左手小手指？伊藤仓介摇了摇头，说是紧着右手剪算一处伤残，如果把左手小手指剪掉就是两处伤残了，身上有两处伤残的男人总比有一处伤残有利一些。余伯庸觉得伊藤仓介说得有些道理，也就不再争辩，因为争辩也是徒劳。

余伯庸伸出左手，拽着鱼池边上一棵红枫树干，才把自己肥胖的身体拉起来。站起身来，看到正和商行院子里只剩下两个盯梢特务，他举起裹着脏手帕的右手挥了挥，喊道："走啦！寻亚洲球王去。"

得知小北被日本人逮捕，李惠堂震惊不小。此前，他已经得知日军士兵在香港不断被暗杀，接着小北的通缉令便被张贴出来。李惠堂让廖月英和几个心腹伙计四处寻找小北，想把他送出香港。但是连日本特务都找不到小北，廖月英等人也是白费工夫。这两天，李惠堂正在为小北的安危担心，余伯庸就把小北被日本人逮捕的消息送来了。李惠堂问余伯庸，会不会是日本人使诈？余伯庸掏出一张照片，是一个日军士兵举着一张昨天的《华商报》跟小北的合影。李惠堂举着照片端详良久，看到小北被反绑着双臂，额头上有明显的外伤，一只眼睛肿胀得像个核桃，但他确定是小北无疑。廖月英接过照片，断定小北额头上是枪伤，因为有一条明显的没有头发痕迹贯穿头上。廖月英眼眶湿润着，说从小北的眼神看到枪伤不至于有性命之虞。余伯庸说小北先后杀了三十多名日军士兵，如果我们不答应冈山垄一的足球比赛，小北肯定会被日本人处决。

沉思良久，李惠堂说道："不能因为小北一个人，毁掉我中华足球的荣誉，更不能因为小北一个人，葬送中国人同仇敌忾的抗日气势。"

余伯庸举着自己伤残的右手，悠悠地说："保住荣誉，守住气势，只怕是小北……还有你我，都过不去这个年关了。"

李惠堂叹口气，说道："覆巢之下，难有完卵，国将不国，你我蝼蚁之命，死不足惜！"

十九

余伯庸第三个手指是在铜锣湾码头上被剪掉的,那天是腊月初一。其实,余伯庸的第三根手指是白白搭上的,因为腊月初一是日本人要处决他的日子。人都要处决了,偏偏还要剪掉一根手指,纯属伊藤仓介的个人变态行为。处决余伯庸的告示三天前就张贴出去了,日本人大张旗鼓的用意是要震慑李惠堂,逼迫他出面参加日中足球比赛。腊月初一,香港阴云密布,胆子大的香港人挤满铜锣湾码头,连香榭舍的姑娘们也赶来了,相约要送余伯庸最后一程。这个性情温和、出手大方的北佬大胖子在香榭舍留下不错的口碑,大家甚至相商要给余伯庸收尸入殓。

上午十点钟,一辆全副武装的日式军用卡车驶进码头,五花大绑的余伯庸从卡车上被押解下来,然后捆在码头的一根路灯杆上。余伯庸头发凌乱,像是被狂风撕扯过的草垛,肥嘟嘟的脸上看不到一丝血色,两个腮帮子上的肉和牙关不停地哆嗦着,这是一具被死亡恐惧笼罩的肉体。听到嘈杂议论的声音，余伯庸缓缓抬起头，看到人群里有香榭舍的姑娘们，他才稍稍感到有些心安。余伯庸努力咬紧牙关，不想让姑娘们看到他的腮肉在颤抖，他要把昔日寻花问柳的体面保持到最后。突然，余伯庸的眼神在人群中扫寻到了尘，他怔怔地盯着了尘，并微微抬起双下颏投去一个询问的眼神。了尘似乎明白余伯庸的意图，她冲着余伯庸微微点了点头。余伯庸灰扑扑的脸上终于露出一丝苦笑。

身着大佐军装的伊藤仓介走到余伯庸跟前，他定定地瞅着余伯庸的脸，用汉语说道："你这个人还是挺有趣的，今天处决你不是我的本意。"

余伯庸似乎有些激动，他用哭腔问道："有趣的人难道不应该活着吗？"

伊藤仓介从口袋里掏出一个器物来，说道："有趣不如有用，你是个没用的废物，连一场足球赛都搞不定，还是死了算了。"

说罢，伊藤仓介走到余伯庸身侧，抓住他右手中指。

对于这个亮闪闪的器物，余伯庸恐惧万分，他对伊藤仓介哀求道："你都要处决我了，为什么还要剪我手指？"

伊藤仓介阴笑道:"你都要被处决了,还要手指做什么?"

余伯庸赶忙道:"你把我中指剪掉了,我下辈子还怎么找女人……啊!"

随着余伯庸的一声惨叫,伏在水面上的海鸥受到惊吓,"扑棱棱"飞离了水面,在空中盘旋几圈后,复又落到海面上觅食。码头上的人们,随着余伯庸的惨叫声发出一阵惊呼,他们不知道发生了什么。伊藤仓介重又走到余伯庸面前,举着滴血的中指在余伯庸面前挥舞了两下,余伯庸脸上出现一个红色血叉。伊藤仓介"哈哈"大笑两声,把余伯庸的中指抛到海里,几只近处的海鸥"扑棱棱"争抢起来。

伊藤仓介走向人群,他冲着早已列队的五名日军士兵挥了挥手,然后便听到枪栓拉动的声音。余伯庸知道自己大限已到,他拼尽全力咬紧牙关不让自己战抖,也不让自己昏迷,他要把寻花问柳时的体面保持到最后一刻。最后一刻,余伯庸把脸扭向北方,两行热泪夺眶而出。

突然,一个男人的声音从人群中传来:"住手!我答应你们这场比赛。"

听到这句话的时候，余伯庸再也挺不住自己的体面了，他双膝一软便跪了下去。

二十

来者正是李惠堂。李惠堂答应冈山垄一的日中足球比赛并不是为了救余伯庸，也不是为了救小北，他不会为了一两个人的命运搭上一个民族的气节。真正让李惠堂做出改变的另有其人，这个人便是香港《华商报》主编廖先生。

昨天深夜时分，廖月英亲自守候在李府的偏门，一直等到堂弟廖先生三长一短的门铃声。自从冈山垄一打算搞日中足球比赛以来，李府供人出入的前门和后门都有日本特务蹲守。廖先生虽然没有说过自己的真实背景，但是李惠堂和廖月英早就心知肚明，对于这样一个敏感人物深夜登门拜访，只有出入偏门才安全。偏门设在一处极为隐蔽的地方，李府大院西侧是一片荷花塘，荷花塘四周全都是浓密的毛竹，毛竹从中开辟出一条仅容一人通过的曲折小道。不了解内情的人，即便是通过这条小道，走到尽头也会被一座太湖石假山挡住去路。假山上常年有滴水落下，在一个潮湿低洼处有一个用手能够摸到的门铃，这座阴湿僻静的假山便是李府的秘密偏门。

廖先生见到李惠堂后，开门见山说出自己此行目的，让李惠堂答应冈山垄一的日中足球比赛。见廖先生不似说笑也不是试探，李惠堂禁不住愕然，面色顿时沉下来，并严词拒绝参加这场足球比赛。说罢，李惠堂端起茶杯自顾自地喝茶，大有端茶送客之势。廖先生倒是不恼，接下来便说出一个构思良久的计划。

原来，自从抗日战争爆发以来，内地的大批文化、艺术创作者先后迁移到香港，这批人包括何香凝、邹韬奋、柳亚子、夏衍、茅盾、章伯钧、梁漱溟、沈志远、田汉、胡蝶、金山……日本人占领香港后，便把香港通往内地的海陆要道严密封锁起来，因为日本特务早就摸清楚内地滞留香港的文化界名人。如果战争一旦出现逆转，这批顶尖文化名人就会变成日本人的盾牌，让中国人投鼠忌器。为了保护好这批中国文化的璀璨明珠，廖先生接到上级密令，一定要完好无损地将这批人护送回内地。廖先生还了解到，如果李惠堂拒绝这场比赛，将由香港各个帮派组建一支球队代表中华足球队参赛。冈山垄一准备把日中足球比赛放在除夕日举行，比赛将在维多利亚体育场进行。维多利亚体育场将容纳四万名观众，冈山垄一为了显示这场比赛的公平公正，会允许日军和香港市民各占一半看台进场观赛。廖先生说入侵香港的日军有四万人左右，如果有两万日军进入赛场，日军的海陆防务就会露出一半空当，他则要利用这个机会把滞留在香港的文化名人转移回内地。

听完廖先生的陈述，李惠堂沉思良久，问这次要转移的人员有多少？廖先生说，上了名单的有八百多人。闻听有这么多人需要转移，李惠堂大概也能想象到这个行动的难度之大，无论是人力财力物力还是具体步骤实施，每一个环节都将面临巨大考验。

李惠堂说："中华足球队已经有两员大将战死沙场，剩下的其他队员散落各地，距离除夕只有一个月，这么短的时间要把人手凑齐训练备赛，这个难度太大了。"

廖先生站起身来，关掉房间里的顶灯只留下一盏台灯。廖月英不由得暗暗自责，因为此刻已经是后半夜时分，屋里亮灯这么久的确会引起特务注意。

廖先生重又坐回座位，对李惠堂说道："参与这次行动的每个人都面临着巨大压力，但是我们不会勉强任何人，李先生如果选择退出，我也能理解。"

李惠堂放下茶杯，笃定地说道："抗日战争爆发之初，惠堂曾作诗明志：一腔肝胆存人热，半世风尘为国争！惠堂一生爱国，如今国难当头，临阵退缩岂是吾辈所为，惠堂加入，绝不退出。"

闻听此言，廖先生起身握住李惠堂的手，说道："谢谢光梁先生（李惠堂，字光梁）！这个行动如果是一台汽车，先生主导的这场足球赛便是发动机，您若是不能启动，这个行动便无法往前推进。"

李惠堂也有些激动，连说话嗓门甚至都提高了："即便是场普通的比赛，取胜也是第一要务，何况是在当下这个非常时期，李惠堂绝不会让日本人得逞。"

廖月英把手指放在嘴唇上，冲着李惠堂"嘘"了一声。李惠堂自知失态，这才重新入座。

廖先生笑了笑，说道："冈山垄一举办这场比赛的目的有三个，一是报日本足球多年臣服中国足球之仇，二是振奋鼓舞日军参战人员军心，三是瓦解中国人抗日的信心。我们要赢得这场比赛，但是前提必须是保证行动成功。"

接下来，三个人开始详谈诸般细节，一直密谋到天亮，其中包括事先将李惠堂的家人转移出香港。为了不影响盛辉公司的发展，廖先生还建议李惠堂提前转让自己的股份由其他股东代持。看到廖先生把诸般事情都想得周到且细致，想必已经谋划许久，李惠堂只有一一应承的份儿。

临别时，廖先生对李惠堂和廖月英说道："比赛结束后，有人带两位赶往圣尼埃尔教堂，我会在那里亲自恭候。"

李惠堂有些诧异："去教堂做什么？"

廖先生说："因为惠堂先生也在我们营救的大名单里。"

二十一

农历腊月二十四是中国南方传统的小年，即便是被日本人占领的香港也能看到几分节庆的气氛。这天晚上，在日军士兵和特务严密布控的格林道乔治饭店，中华足球队最后一名球员谭江柏报到。他是乘坐一辆装满7.92毫米子弹的卡车，一路从滇缅公路抵达昆明，再从昆明辗转去了南宁，又从南宁抵达广州，最后在东江纵队护送下大摇大摆跨过日军把守的香港口岸。

凡是能够联系到的中华足球队队员全部到齐，也只有十二名球员，谁都不曾想到大家还能在战火纷飞的年代相聚香港，众人见面禁不住相拥落泪。在李惠堂的带领下，全体球员为陈镇和、江柳生焚香鞠躬。望着两位抗日英雄的遗像，樊德云和孙金辉忍不住号啕大哭起来，他们是一起并肩球场时间最久的兄弟。敬拜完两位昔日队友，李惠堂把这次足球除夕大赛的意义阐述一遍，但是他没有透露这场比赛背后隐藏的秘密行动。

樊德云忍不住感叹道："鼎鼎大名的中华足球队缩水成一支篮球队，十二名球员如何踢足球比赛？"

余伯庸说："不是十二名球员，是十三名，我们还有小北。"

李惠堂说："小北不能参加比赛。"

余伯庸说："冈山垄一已经答应让小北参赛，只是在比赛当天才能释放小北。"

李惠堂站起身来，他没有接余伯庸的话题讨论小北能否参赛，而是把话题岔开，说道："有一件事情，我必须跟大家说清楚，这场比赛我们只能赢不能输，输掉这场比赛便输掉了全体中国人抗日的信心，我中华足球队决不允许这个脚下败将在中国的领土上翻盘。但是，我们赢了这场比赛，恐怕大家很难全身而退，这一点大家要想清楚，如果现在退出球队还来得及，我会从南华俱乐部补充几个球员进来……"

不等李惠堂说完，众人便纷纷表态：绝不退出，拼尽全力赢得比赛。

接下来，便是中华足球队和日本足球队正常训练，两支足球队各占一个上午和一个下午在维多利亚体育场熟悉场地并演练战术。每天早晨，在日军士兵和特务的押解下，军用卡车把中华足球队运抵维多利亚体育场。中午训练结束后，再由军用卡车将足球队送回乔治饭店。整支球队里唯一可以自由出入的人是廖月英，因为她是队医身份，可以有很多理由外出采购医药或比赛护具。

经过李惠堂和中华足球队多次抗议,还有《华商报》等香港媒体施以舆论压力,小北终于在中日足球除夕大赛前一天被释放。伊藤仓介亲自押解着小北,把他送进乔治饭店。小北被剃光脑袋,面色苍白憔悴,想必是遭了不少罪。正如廖月英判断,一条子弹擦痕从小北的额头一直到头顶,好在伤口基本愈合。再次见到昔日队友,小北颇为激动,与众人一一拥抱。走到李惠堂跟前,李惠堂态度很是冷淡,不仅没有与之拥抱,还责怪他行事鲁莽不计后果。小北没有争辩,只是低着头静静地听李惠堂训斥,好在廖月英和余伯庸出来打圆场,说是新球衣印完号码送来了,让大家试穿一下球衣就去吃晚餐。球衣颜色还是中华足球队传统的蓝底白字,胸前是"中华足球队"五个白色行书字体。小北没有穿自己的24号球衣,而是选了陈镇和的8号球衣。大家心里都明白小北的想法,觉得8号球衣由小北来传承是最好的选择。

晚餐很是丰盛,安排在乔治饭店二楼一个大包间,包间四周挂满红色灯笼,正中央的壁炉上方是一个倒贴着的福字，扮出浓浓的中国春节气氛。廖月英站在包间门口，给每个人发了一个厚墩墩的大红包。余伯庸迫不及待数着红包里的钱，说是顶得上中华足球队半年工资。一个服务生给余伯庸使个眼色，余伯庸悄悄跟随服务生出了包间。服务生指着地上的纸箱子，说余伯庸要的东西准备齐整了。余伯庸从红包里抽出一沓钞票塞进服务生的马甲口袋，并让服务生把纸箱子送去他的房间。

中华足球队全体人员落座后，李惠堂道了祝酒词："明天是除夕日，大战在即，恐怕来不及共庆新春佳节，所以我们今夜之聚权当是过年吧，诸位兄台，过年好！"

说罢，李惠堂带头干了一杯酒，众人纷纷跟着喝干杯中酒。

李惠堂接着举起第二杯酒，叮嘱道："明日奔赴赛场，大家带好随身要紧物品，包括月英今天给大家发的红包，讨个好彩头。"

第二杯酒喝完，只听到"咚"一声响，小北一头栽倒在餐桌上。众人赶忙将小北扶起，却见他早已昏睡过去。李惠堂冲着门口两个服务生点了点头，那两个服务生把小北架起来拖出包间。众人全是一脸愕然,不知道发生了什么事儿。

李惠堂端坐着没有动身,他举起第三杯酒,说道:"明天的除夕大赛,不管中华足球队是输是赢,小北都不可能活着走出球场,所以我不会让他参加明天的比赛,为我们中华足球保住这条血脉吧。"

说罢,李惠堂干了第三杯酒。

二十二

中日除夕足球大赛,将于农历大年三十下午四点正式开始。自从香港被日军侵占以来,这是香港媒体唯一关注的大事件,几乎每天都在报道有关这场比赛的花边新闻。《华商报》更是连篇累牍将中日两支球队的恩仇宿怨披露得清晰至极,甚至还把陈镇和和江柳生英勇抗日、壮烈殉国的事迹做了详细报道。一时间,中华足球队成了香港人眼里的英雄球队。澳门《大众报》做过一次香港民意调查,香港市民支持中华足球队获胜的比率是百分之百。

《华商报》主编廖先生分别给欧洲和美国的同行发去电报，恳请全球媒体关注中日除夕足球大赛，目的就是通过全球媒体关注向日军施压。廖先生还亲自撰文，分析两支球队背景以及胜负意义，把日本足球队输球后的举动做了几种预测。廖先生的文章直接指出，日军如果输掉中日除夕大赛，有可能使用暴力抓捕中华足球队球员。文章还说，如果日军行此卑鄙苟且之事，将严重伤害奥林匹克传承的公平竞争的体育精神。在中国农历新年到来之前，全世界媒体开始关注这场意义重大的足球比赛，有的媒体还派记者前往香港，进行全程跟踪报道。

　冈山垄一感觉到了压力，本来是一场了结个人恩怨的足球比赛，此刻竟演变成为一个国际事件。为了实现日本足球战胜中华足球，冈山垄一特意修改了"日中除夕足球大赛"规则，双方如果在九十分钟比赛里踢成平局，必须进行三十分钟加赛。如果三十分钟加赛再出现平局，继续加赛三十分钟，直至分出胜负输赢。冈山垄一本想借这场比赛鼓舞天皇军人的士气，不承想反倒把中国人同仇敌忾的心气逼出来了。日本陆军参谋本部已经给冈山垄一发来电报：除夕大赛，只许取胜，不许失败！

冈山垄一非常了解中华足球队的现状，老的老，小的小，死的死，当打之年的主力球员小北已经被折磨得差不多了，即便是能够上场比赛也难有作为。冈山垄一忧虑的不是胜负，他在决定搞这场比赛之前就已经胜券在握。他的本意是想一举端掉中华足球队，但是现在全世界媒体都来关注这场比赛，让他不禁畏首畏尾起来。

伊藤仓介劝慰冈山垄一，说道："小北杀害我天皇战士三十一人，逮捕此等罪大恶极之人，想来可以堵住媒体的嘴巴。"

冈山垄一摇了摇头："那也只是小北的个人行为，总不能把整支中华足球队全都抓起来。"

伊藤仓介阴笑，说道："川岛芳子调查了长达七年之久的'北鹰鸮'一直无果，我找到了线索，照片今天晚上就能送来香港。"

冈山垄一听得一头雾水，问道："'北鹰鸮'是什么东西？"

伊藤仓介不无得意，笑着解释道："北鹰鸮是我大日本独有的一种猫头鹰，属于鸱鸮科，专门在夜间出来捕猎，凶猛无比。从1931年开始，在哈尔滨的鸡冠山出现一支五百多人的抗日联军，抗联司令外号叫'铁面平'，因为他常年戴一个铁面罩，没有人见过铁面平的真实面目，更没有人知道铁面平的真实姓名。铁面平的抗联队伍装备充足，武器弹药精良，使用的都是欧美最新式的武器，对我天皇日军造成极大伤害。经过我方特工组织多年追踪调查，最终在这支队伍里安插了眼线，拍到了铁面平的照片，并且查出长年累月为这支队伍提供补给的是铁面平的双胞胎弟弟。铁面平之所以戴面具，目的就是保护为抗联队伍提供物资装备的双胞胎弟弟。七年前，陆军总部将铁面平的双胞胎弟弟命名为'北鹰鸮'，调查抓捕北鹰鸮的任务交给川岛芳子，但是至今却连北鹰鸮的一根羽毛都没有得到……"

冈山垄一有些不耐烦，他打断伊藤仓介的话："你啰里啰唆半天，北鹰鸮跟眼下的日中除夕足球大赛有什么关系？"

伊藤仓介看了一眼手表，说道："我得到确切情报，北鹰鸮一直蛰伏在中华足球队里，铁面平的照片一会儿就能送到，如果在中华足球队里逮到北鹰鸮，整支球队都脱不了干系。"

冈山垄一点点头："有如此能力之人，非李惠堂莫属。"

下午三点整，日式军用卡车停在乔治饭店门口，中华足球队的球员悉数上车。站在一旁清点人数的特务发现少了一个人，立即拿出花名册来点名，发现小北未到。特务头目询问李惠堂，小北去了哪里。李惠堂说："前后门都由你们的人把守，我们凭空少了一个队员，我还想问你们要人呢。"特务们带着日军士兵冲进乔治饭店，将每个房间搜索一遍，小北全无踪迹。几番电话沟通过后，日军卡车启动驶往维多利亚体育场。进不了体育场的香港市民，站在道路两旁为中华足球队加油鼓劲，一路目送着日军卡车开过去。

原来，李惠堂通过廖月英将情报传递给廖先生，他要把小北提前运送回内地，因为小北参加这场比赛的结果是必死无疑。廖月英事先将药物倒入小北的酒杯，将其迷晕之后，由廖先生安排的两名服务生把小北从乔治饭店的下水道偷运出去。

大概是药量过猛，小北整整睡了一天一夜。待他醒来之后，发现自己还穿着8号球衣，躺在一艘驳船船舱里。小北挣扎着坐起身来时，一个留着小胡子的男人走进船舱，并给他端来一锅腊肉煲仔饭。

小北问小胡子："我这是在什么地方？"

小胡子笑道："这是维多利亚湾码头，就在日本人眼皮子底下，鬼子们都去看除夕足球大赛了，这里很安全。"

小北问道："现在几点钟？"

小胡子看了一眼手表，说道："三点半，再过半个小时，比赛就开始了。"

小北端过来砂锅，三分钟时间不到便将一锅煲仔饭吃个干干净净。他站起身来，一路往外走去。小胡子上来拦住他，说是马上有一批人过来，然后一起送他回广州。小北一把推开小胡子，快速冲上驳船甲板，然后一个助跑跳上码头，撒开腿跑向维多利亚体育场。只用了十几分钟时间，小北便跑到体育场。体育场的大门检票的日军士兵拦住小北，让他出示门票。小北指着身上的球衣，说自己是中华足球队的球员。几名特务迅速围拢上来，其中一人认得小北，他带着小北走进检票口，走向中华足球队队员席。

看到突然现身的小北，李惠堂和队友们大吃一惊。小北从李惠堂手里夺过上场队员列表，将一名右前锋队友画掉，歪歪扭扭填写上一个名字：陈镇北。

小北冲着李惠堂咧嘴笑了笑，说道："从今往后，小北也是有名有姓的人了。"

李惠堂拍了拍小北肩膀，感叹一声："既来之，则战之。做好热身活动，上场吧。"

樊德云点点头："世间已无陈镇和，自此有了陈镇北！"

二十三

维多利亚体育场已经座无虚席，场外还有许多进不了场的香港市民。南北走向的体育场，日军士兵占据东看台，西看台则是香港市民。余伯庸进场之后就没闲着，他很快在西看台上物色到十个人，把纸箱子里的纸质比赛盘口分发给十个人。余伯庸总共开了两个盘口：中华足球队赢和日本足球队赢。西看台卖中华足球队赢，东看台卖日本足球队赢。十个人都想在西看台卖筹码，不想去日军的东看台卖。余伯庸最后把去东看台卖筹码的佣金提高到三成，这才有四个人报名前往。

中日双方球员都在球场上做热身活动，孙金辉碰了碰李惠堂，示意他看西看台上正在卖赌盘筹码的余伯庸。李惠堂瞅着一边收钱一边叫卖的余伯庸，摇了摇头说道："他在任何时候都能找到赚钱机会，这人贪婪无耻之尤，迟早会死在钱眼里。"

比赛即将开始，李惠堂将上场比赛的十一个人聚拢在一起，叮嘱道："我刚才观察了日本足球队的状况，他们的球员年轻力壮，咱们缺兵少将，所以我们必须在九十分钟内赢得比赛，如果进入加时赛，咱们的体力会被日本人拖垮，大家记住了没有？"

像以往的赛前仪式一样，众队员齐声高呼道："全力以赴不舍弃！"

随着英国主裁判一声哨响，中日除夕足球大赛拉开帷幕。日本队仗着球员年轻体力充沛，全线压上进攻，致使久疏战阵的中华足球队后防线上一片混乱，小北不得不后撤加强防守。日本队的心理优势也占据上风，无论是进攻还是防守，肢体动作幅度都很大。英国主裁判连续吹罚几次日本队犯规，日本场上球员竟然将主裁判围拢起来实施言语威胁。见此情景，小北和樊德云冲了上去推开日本球员，主裁判这才重新鸣哨比赛。

东看台的司令台上空空荡荡，冈山垄一坐在椅子上，披着军绿色呢子大衣，全神贯注地观看比赛。几个回合攻守下来，冈山垄一微微点点头，以他的足球运动阅历，觉得赢下这场比赛只是一个时间问题。赛前，冈山垄一亲自给日本足球队训话，并宣读了日本陆军参谋本部电报：除夕大赛，只许取胜，不许失败！

冈山垄一最后强调，要全线压上进攻，必须在上半场破门得分，以压制中华足球队的气势。待对手下半场体力不支时，再扩大比分优势。最后，冈山垄一强调，如果有人出现懈怠和重大失误，当以军法处置。

中华足球队队员席上只有两个人，李惠堂和一名替补球员。看到双方球队的状态和攻防打法，李惠堂禁不住焦虑起来,他起身呼喊着小北不要后撤。对方越是全线压上,后方就越是有空当,前锋线上的小北如果后撤,日本队会更加肆无忌惮进攻。

小北听到李惠堂在场下的调度,他冲着李惠堂喊道:"我是陈镇北。"

小北把位置往前提,徘徊在中场附近。就在这时,谭江柏在禁区内一个倒地铲球,干净利索破坏掉日本队一次有威胁的进攻。被谭江柏铲掉的球正好飞到樊德云脚下,樊德云一个大脚长传给中场的小北,小北把球卸下来,快速往前蹚去,眼前一片开阔地。就在小北启动奔跑时,他才感觉到浑身痛楚,这些天来被日本特务酷刑折磨的伤痛显现出来。小北咬紧牙关,以全速往前奔跑。在小北的身后,三名日本球员疯狂追赶,但始终距离小北有一步之遥。小北虽然已经数年不踢球,加上他身体受到酷刑折磨,但是速度优势依然在,就在他把球带到禁区前沿准备抬脚射门时,一名日本球员倒地飞铲到小北后脚脚踝上。小北的前脚还没有触碰到足球,身体便前倾扑倒在禁区里,他蜷缩起受伤的那条腿,在禁区里痛苦地翻滚着。

西看台上的观众集体发出一声惊呼，纷纷站立起来等待英国主裁判判罚。

英国主裁判并没有判罚点球，只是给那名倒地铲人的日本球员进行一番口头警告。西看台上一片哗然，大家叫骂着"黑哨"。被主裁判警告过的日本球员跑到小北跟前，伸出手来拉小北，被日本队场上队长大声呵斥，并上前给了那个球员一记耳光。被警告的日本球员赶紧冲着场上队长立正鞠躬，并迅速跑回自己的半场。小北突然觉得这个球员有几分眼熟，他迅速记起来，眼前这个球员就是在广州跟他一起踢过球的日本士兵。

在接下来的比赛中，小北没有回撤防守，他继续留在中场附近等待机会。日本队已经领教了小北的速度，不敢再全线压上进攻，中华足球队后防线上的压力顿时减轻不少。临近中场时分，中华足球队得到一次角球机会，孙金辉开出的角球找前点的谭江柏，"谭铜头"不负厚望，一记狮子甩头，足球洞穿日本守门员十指关，将比分改写成一比零。

二十四

中场休息时,冈山垄一在日本队休息室里,连续抽了守门员十几记耳光,还责骂他应该剖腹谢罪。日本球员全都低下脑袋,大气不敢出一声。冈山垄一虽然许多年不踢球了,但是日本足球队都知道他的火暴脾气,曾经有一次因为裁判错判,他差点把裁判掐死在赛场上。升任军方高官之后,他把日本足球队全部调至麾下,安排进宪兵队。一是便于组织训练,二是不用上前线打仗,日本足球队因此得以完整保留。

冈山垄一环顾四周后,开始布置下半场战术:"战争年代的足球比赛就要有战争年代的打法,每一脚出击,不管是球还是人,都要踢到一样,因为所有规则都是胜利者制定的。这场比赛踢完,你们这些人只有两个选择,要么被嘉奖,要么被送上军事法庭。"

中华足球队休息室里,也是只有李惠堂一个人在讲话,因为其他人累到不想讲话,都在"呼哧呼哧"大口喘着粗气。因为廖月英不在场,队员们也不便询问,只好相互之间按摩放松肌肉,准备下半场的比赛。

李惠堂大声鼓劲道:"防守是保不住胜利的,我们还是要瞅准机会大胆进攻,后场拿球后,第一点就找小……陈镇北,不要怕失误,十次失误也不要紧,只要陈镇北抓住一次机会,就能扩大战果。"

下半场比赛开始了,日本队不管是进攻还是防守,动作幅度都很大。已经有两名中国球员被日本球员踢伤倒地,但日本队没有遵循把球踢出界外的比赛惯例,而是继续往前推进。西看台上的香港球迷高声呐喊,谴责日本队违背体育比赛精神。其中一名中国球员伤势严重,似乎是被踢断跟腱,站起来两次重又摔倒在地。李惠堂无奈,只得换上另外一名,也是除了自己之外的唯一一名替补球员。借着中华足球队调整场上阵容之际,日本队从右边路发动一次进攻,一次下底传中球,被后面冲击上来的球员把球踢进中华足球队的大门,双方比分变成一比一平局。

中华足球队迅速做出调整，谭江柏、樊德云和孙金辉三员老将坐镇后防线，中华足球队很快稳住阵脚，继续贯彻李惠堂打防守快速反击的战略战术。终于，在比赛进行到接近八十分钟的时候，谭江柏一记长传吊给小北。此时，小北越来越觉得身体虚弱，突然得到球后竟有些力不从心的感觉。即便如此，小北还是爆发出全身的冲击力，他甩开最后一名防守球员后直接面对守门员，并一脚将球踢进球门死角。

剩下不到十分钟时间，中华足球队二比一领先。西看台上兜售盘口筹码的余伯庸，此刻心情有些复杂，他内心希望中国队赢球，但是就中华足球队目前的实力状况来看，输掉这场比赛是在情理之中。因此，余伯庸在西看台上只卖中华足球队赢的筹码，目的就是想收割一波爱国球迷的韭菜。但是，一旦中国队赢得比赛，他将会赔掉底裤。

这时候，场上也出现状况，谭江柏和樊德云先后腿部抽筋倒地。一名日本球员以为中国球员故意拖延比赛时间，跑上前去冲着倒在地上的樊德云后腰踢了一脚。瞬间，双方队员纠缠打斗在一起，主裁判加上两个边裁冲进场内，才把双方球员拉开。

就在双方球员撕扯的时候，廖月英拎着急救药箱从体育场大门口冲进来。她直接跑到中华足球队队员席，上气不接下气对李惠堂说道："他们……还没有过深圳河，一位作家……走到半路上……才想起装手稿的箱子落下了……廖先生让你……让你把比赛拖延进加时赛。"

李惠堂问道："如果踢完加时赛，他们还没有过河怎么办？"

廖月英说道："全部渡过深圳河，他们会发红色信号弹。"

李惠堂抬头望向四周看台，说道："我们在体育场里面，看不到深圳河那边的信号弹。"

廖月英说："体育场外面有人接应发信号，一定会让我们看得见红色信号弹。"

在廖月英进入赛场时，伊藤仓介也登上东部看台司令台，他掏出一张照片递给冈山垄一，说道："北鹰鸮不是李惠堂。"

冈山垄一瞅着照片上的人，是一个留着胡须的中年男人，圆脸、淡眉、小眼睛，竟觉得有几分面熟。冈山垄一举起望远镜，对球场上的中国球员一一看过去，发现没有一个人跟照片上的男人相似。

伊藤仓介走上前去，扶着冈山垄一的望远镜往上抬了抬，视线正好对准西看台上的余伯庸，说道："北鹰鸮不是球员，是余伯庸。"

冈山垄一放下望远镜，点了点头，恨恨地说道："你去准备人手吧，中华足球队一个人都不能放走。"

此刻，李惠堂无法把真实情况告知球员，球员也不可能完全领会到他的意图。李惠堂脱掉外衣，冲着助理裁判做出换人手势。比赛还剩下不到十分钟时间，日本队开始全线疯狂反扑，因为他们知道输掉这场比赛的后果是什么。李惠堂心里着急程度不亚于日本球员，他对谭江柏使劲地挥舞着手势，示意他将球踢出边线。孙金辉也看到李惠堂的示意，他正好拿到球，赶忙将球踢出边线，换来李惠堂上场的机会。见到李惠堂上场，西看台上两万多名香港球迷全体起立鼓掌。以李惠堂的年纪，香港球迷本来也不奢望这位亚洲球王还能登场，如今在比赛还剩下不到十分钟时间，中华足球队又以一球优势领先，大家觉得这时候换人无非是延误比赛时间的战术。

一位岁数大的球迷摇了摇头，以教训的口吻，对身边的年轻人说道："赢一个球算不得任何优势，我们的球王在这个时候上场，是想以他的掌控能力保住一个球的优势。"

不容得李惠堂跟队友做任何交流，英国主裁判在日本球员的肢体碰撞威胁下，旋即吹响重新比赛的哨声。日本球员掷边线球，足球被直接掷向禁区。在广州与小北踢过球的日本球员拿到球，一个转身摆脱了贴身防守的樊德云，抬脚便是一记抽射。此刻，已经退回禁区防守的小北高高跃起，准备用头球将这脚射门化解。突然，小北感觉到一股大力击打在自己后背上，他心里暗骂着日本球员卑鄙，在倒地的刹那间发现出现在自己背后的竟然是李惠堂。足球擦着小北头顶飞过去，击中了球门横梁，差点给日本队造成扳平比分的机会。

小北倒在地上有点儿蒙，他如何都料想不到刚才把自己撞开的是李惠堂，而日本队这一记射门差点得分，如果比分被扳平，中华足球队的人员和体能无论如何都支撑不了三十分钟的加时赛。小北来不及细想，他抬头看了一眼比赛计时钟，还剩下三分钟时间。他立即爬起身来，重新加入防守阵容中。

此刻，东看台上的日军士兵全部起立，高唱着军歌为日本球员鼓劲。场上的日本球员听到的军歌，不亚于催命咒符，越发拼尽全力进攻。日本球员一脚禁区内射门，樊德云舍身堵枪眼，用自己的脸挡住飞来的足球。孙金辉得到球后，迅速一脚出球，把球传给他无比信任的李惠堂。李惠堂拿到球后，本能地往前蹚了两步，然后将球轻轻送出，这一脚传球路线貌似要给小北，但是球速太慢，正好滚到一名插上来的日本球员脚下。这个日本球员本来是上来抢夺李惠堂脚下的球，没想到足球轻轻松松滚到自己脚下，他没有做任何犹豫，飞起一脚打门，足球应声入网，将比分扳成二比二平。

二十五

休息室里，中华足球队的球员几近虚脱，没有人讲话，也没有人有力气讲话。廖月英忙着给谭江柏和樊德云两位老队员放松肌肉，他们俩的体力透支严重，正在大量补充盐水。体力充沛的只有李惠堂一人，他站起身来准备鼓励大家两句，但是没等他张嘴说话，小北便冲过来猛推了李惠堂胸口一把。李惠堂一个趔趄差点儿摔倒，幸亏孙金辉扶住他的身体。队员都吃惊不小，因为李惠堂的成就和威望，没有人敢如此粗暴对待他，包括每一次比赛的对手，对他也都是敬畏有加。众队员吃惊归吃惊，但是没有人站出来指责小北。刚才在比赛的最后阶段，中华足球队基本上等于拿下这场比赛，但是刚刚替换上场的李惠堂却莫名其妙地一脚传球，把已经到手的胜利白白送给日本队。大概是众人都想听到李惠堂的解释，所以大家对小北的粗暴举动没有人发声。

小北指着李惠堂，大声问道："你要给我们一个交代！"

李惠堂站定，示意门口的球员把休息室的门关上，因为门口站着两名日本特务。

李惠堂冲着小北点了点头，小声说道："刚才那个球的确是我的失误造成的，我给大家道歉，因为有些事情我还不能讲出来，但是，惠堂以自己的人格担保，仰不愧于天，俯不怍于人，抬起头来不会对不起自己的队友和同胞。"

小北上半场拼得太凶，体力也一样严重透支，他此刻斜靠在衣柜上喘着粗气，嘟囔道："我看你是跟日本人做了交易，当了汉奸！"

日本队休息室里异常安静，因为冈山垄一紧闭着双眼没有讲话，其他人更不敢作声。刚才全体日军士兵高唱军歌的聒噪与此刻吊诡的安静，给日本球员带来极大的心理压力，那个在广州与小北踢过球的日本球员禁不住双腿抖起来，但他只敢轻轻抬手擦拭着额头上的汗珠。

良久之后，冈山垄一睁开眼睛，问一旁肃立的伊藤仓介："外面有什么异常情况？"

伊藤仓介愣了一下，回道："一切正常，今天是中国人的除夕夜，大街上的行人比往常多一些。"

冈山垄一接着问道："多了一些行人……是什么人？"

伊藤仓介回道："这个不太清楚，大概就是一些看热闹的闲人吧。"

冈山垄一说："闲人和行人是有区别的。"

伊藤仓介说："明白，我马上派人去查。"

天色已经完全暗下来，英国主裁判一声哨响，加时赛开始。

余伯庸觉得时间差不多了，把十名卖盘口筹码的人召集过来，他根本来不及细细对账，只是口头上询问每个人卖出多少钱，便给十个人一一分发了佣金。收上来的现金塞满一只大手提包，勉强拉上皮包拉链，余伯庸对自己的如意算盘很是满意。不等这场比赛结束，他就准备卷钱走人，因为昆明方面等着他带现金过去结账。余伯庸通过一个同学的关系，在昆明找到一位管理军用物资的上校军官，从他手里购买了一批美式汤普森冲锋枪和子弹，再由一位盐商负责运送至哈尔滨的鸡冠山。被日本特务盯上之前，余伯庸收到大哥余伯平的消息，说是汤普森冲锋枪非常适应东北冰天雪地的酷寒，队伍急需得到一批枪械以备冬季对日作战需要。

此前，余伯庸是找哈德森购买美式装备和武器，如今哈德森死了，他只能通过旧日同学辗转迂回找到昆明管理军用物资的上校军官。并在日本特务盯梢之后，他以去香榭舍嫖娼做掩护，找到了尘帮他对接并支付给昆明上校十根金条。前天，昆明的盐商传来消息，昆明上校只交付了汤普森冲锋枪和子弹，没有支付两根金条的运输费。盐商还在电报里威胁余伯庸，他在半个月内要拿到二十万现金运费，见不到钱就把冲锋枪卖给土匪。余伯庸并非觉悟有多高，他没有加入任何党派和组织，近十年以来，他以一己之力扛起一支五百多人抗联队伍的物资供应，完全是为了不让大哥余伯平死在日本人手里。大学毕业那年寒假，余伯庸偷偷溜进鸡冠山，发现大哥余伯平一伙人几乎没有一件像样的武器，全靠几根鸟铳跟日本人周旋。如果不是因为熟悉山中地形，估计早被日本人杀光了。回到家中，余伯庸便打算休学赚钱，帮助大哥购买一些先进的武器装备。他先是傍上一位清朝皇族遗老，帮着他倒卖从宫里偷出来的文物赚得一笔钱。而后，他从天津一位军阀手里购买了一批制式步枪和子弹，亲自押送回东北交给大哥余伯平。自此之后，为了帮助大哥保命，余伯庸拼尽全力武装余伯平的抗联队伍……

余伯庸一边想着心事,一边从另一只背包里面掏出一个假发套套在头上,随后又把自己的黑色风衣翻过来变成米黄色。一切收拾妥当,余伯庸拎起沉甸甸的皮包往看台下面慢慢移动。他瞅了一眼赛场,场上的中华足球队已是疲于奔命,场上的比分依旧是二比二平,而加时赛时间还剩下最后五分钟。余伯庸摇了摇头,他心里清楚,如果再踢一个加时赛,中华足球队必输无疑。就在此刻,"砰"的一声闷响,一颗红色礼花弹在维多利亚体育场上空炸开,绚烂的烟花瞬间照亮夜空。

随着这枚礼花弹炸响,小北双腿同时抽筋倒在地上,孙金辉只得把足球踢出场外,回来帮着小北扳腿压脚弓。日本队此刻也不觉得是中国队球员延误比赛时间,因为再打一个三十分钟加时赛,中华足球队会把自己活活累死,而他们已经没有任何替补队员了。

大家纷纷聚拢到小北跟前,李惠堂也赶了过来询问,小北却把头转向另一边。

李惠堂喘着粗气说道:"看到刚才那个……那个红色礼

花弹了吗？因为我们……把这场比赛拖进加时赛，这三十分钟的时间……营救了八百多名中国文化界名人……现在，他们已经安全渡过深圳河，剩下的时间……我们哪怕以命相搏，也要赢下这场比赛！"

负责中场组织的李惠堂，在加时赛中几乎没有拿到球，因为所有队友对他在下半场最后时刻的反常举动难以理解，因此没有人把球传给李惠堂。没有中场的有效组织，中华足球队几乎没有组织起像样的进攻。李惠堂倒是不慌不忙，把注意力全都集中在防守上，致使日本队也找不到好的得分机会。整个加时赛，变成了两支球队的僵持阶段。

比赛继续进行，时间还剩下四分钟。谭江柏首先选择信任李惠堂，他把一记头球甩向中场的李惠堂。李惠堂在中场拿到球之后，迅速晃过一名防守的日本球员，与右边路的小北形成并驾齐驱之势。李惠堂并没有着急传球，而是要把最后一名日本防守球员吸引过来，给小北争取留下更大的空当。小北明白李惠堂的意图，但是他的两条腿仿佛绑了沙袋，每一次抬腿都会导致大腿肌肉撕裂般的痛楚。

果然，日本的防守球员以为李惠堂贪功要盘球到底，他迅速迎着李惠堂逼上前去。就在日本球员身体重心往前改变的同时，李惠堂一脚把球传向右边路的小北。

足球飞在空中的时候，李惠堂双手并拢在嘴巴上，冲着小北高声喊道："陈镇北，往前冲！"

听到"陈镇北"三个字，小北浑身一震，他忍着双腿肌肉撕裂般的疼痛猛然提速，将足球稳稳卸下来，直接面对日本队守门员。此前被冈山垄一威胁该剖腹自杀的守门员顿时慌了手脚，来不及犹豫便扑将上来。小北非常冷静，抬脚便射，足球直接飞进球门中心位置，比分变成三比二。竭尽全力一脚射门的小北，在足球入网后，旋即瘫软在地上。

司令台上的冈山垄一面如死灰，因为伊藤仓介正在一旁向他汇报香港今天的动向，东江纵队将滞留在香港的八百多中国文化界名人全部转移出了香港。这场志在必得的比赛本来应该由他操盘，但是此刻，他觉得自己像一只被中华足球队戏耍的猢狲。

半晌之后，冈山垄一才回过神来，他问道："狙击手准备好了没有？"

伊藤仓介回道："准备好了，就在您脚下的司令台下面。"

随着英国主裁判终场哨声响起，中日除夕足球大赛的比分定格在三比二，西看台上的香港球迷欢呼起来。已经走下看台的余伯庸，突然看到球场边上聚拢着荷枪实弹的日本宪兵，这是违背这场足球比赛约定的。比赛之前，中方提出不允许日方将枪支弹药带入球场，日方表示同意。余伯庸瞬间明白，冈山垄一不会放过中华足球队，他回头看了一眼看台上的香港球迷，并伸手拉开皮包拉锁，抓出一大把纸币朝空中扬去。

余伯庸撒着纸币往赛场中央跑去，他回头对西看台上的香港球迷喊道："快下来领你们赢的彩钱！"

看台上的观众正沉浸在赢球喜悦中，忽然看到纸币撒落下来，纷纷跳下看台争抢落在地上的钱，跟着余伯庸拥向赛场中央。大概是觉得下来抢钱的球迷不够多，站在赛场中央的余伯庸把皮包里的钱全部扬上空中。就在这时，余伯庸突然感觉脑袋被猛然撞击了一下，接着便浑身瘫软下来。倒在地上的余伯庸，看到李惠堂搀扶起小北，还看到两万多球迷潮水般拥进赛场，瞬间把中华足球队的球员淹没其中。

　　余伯庸觉得自己的视线逐渐变得模糊，已经看不到汹涌的人潮，只能看见眼前的绿色纸币，慢慢变红，红透天边……

2023年5月28日星期日

第一稿于崂山依山伴城

图书在版编目（CIP）数据

为国争 / 余耕著． -- 北京：作家出版社，2024.7 --
ISBN 978-7-5212-2921-9

Ⅰ．I247.5

中国国家版本馆CIP数据核字第2024A6D173号

为国争

作　　者：	余　耕
责任编辑：	宋辰辰
装帧设计：	意匠文化·丁奔亮
出版发行：	作家出版社有限公司
社　　址：	北京农展馆南里10号　　邮　编：100125
电话传真：	86-10-65067186（发行中心及邮购部）
	86-10-65004079（总编室）

E-mail:zuojia@zuojia.net.cn

http://www.zuojiachubanshe.com

印　　刷：	唐山嘉德印刷有限公司
成品尺寸：	142×210
字　　数：	151千
印　　张：	10.5
版　　次：	2024年7月第1版
印　　次：	2024年7月第1次印刷
ISBN	978-7-5212-2921-9
定　　价：	49.00元

作家版图书，版权所有，侵权必究。
作家版图书，印装错误可随时退换。